S0-AIR-049

JANICE MAYNARD

Amor pasajero

HARLEQUIN™

Editado por Harlequin Ibérica.
Una división de HarperCollins Ibérica, S.A.
Núñez de Balboa, 56
28001 Madrid

© 2018 Janice Maynard
© 2019 Harlequin Ibérica, una división de HarperCollins Ibérica, S.A.
Amor pasajero, n.º 2130 - 1.11.19
Título original: On Temporary Terms
Publicada originalmente por Harlequin Enterprises, Ltd.

I.S.B.N.: 978-84-1328-616-7
Depósito legal: M-28834-2019
Impreso en España por: BLACK PRINT
Fecha impresion para Argentina: 29.4.20
Distribuidor exclusivo para España: LOGISTA
Distribuidor para México: Distibuidora Intermex, S.A. de C.V.
Distribuidores para Argentina: Interior, DGP, S.A. Alvarado 2118.
Cap. Fed./Buenos Aires y Gran Buenos Aires, VACCARO HNOS.

Capítulo Uno

A Abby Hartman le gustaba su trabajo la mayoría de los días. Ejercer como abogada en un pueblo pequeño incluía más semanas buenas que malas y esa mañana en particular, aun siendo la temida media jornada de sábado que le tocaba trabajar una vez al mes, tampoco se podía quejar. Con las manos húmedas y el corazón acelerado, se estiró la falda y señaló el sillón situado frente a su escritorio de cerezo.

—Siéntese, señor Stewart.

Colocó unos papeles y unas carpetas y respiró hondo. Ese hombre tenía una presencia imponente. Pelo marrón oscuro y corto. Ojos chocolate. Cuerpo esbelto y atlético. Y transmitía intensidad, como si en cualquier momento fuera a saltar el pequeño espacio que los separaba para agarrarla y besarla hasta dejarla atontada.

Aun así, que ese tipo tuviera un acento escocés tan sexy y un cuerpo impresionante no era razón para que perdiera la compostura. Además, por muy atractivo que fuera, el escocés encarnaba esa arrogancia de los hombres ricos que tan nerviosa le ponía. Había conocido a decenas de hombres como él; hombres que tomaban lo que querían sin importarles a quién dejaban atrás.

Duncan Stewart también parecía algo inquieto, aunque tal vez por una razón distinta a la de ella.

–No estoy seguro de por qué estoy aquí. A mi abuela a veces le gusta ponerse misteriosa.

Abby esbozó una sonrisa como pudo.

–Isobel Stewart es una mujer muy original, de eso no hay duda. Ha actualizado su testamento y quería que lo repasara con usted. ¿Le importa que le pregunte por qué ha decidido trasladarse desde Escocia a Carolina del Norte?

–Suponía que era obvio. Mi abuela tiene más de noventa años y ya hace casi un año que mi abuelo murió. Como sabe, mi hermano Brody se ha casado y tiene un bebé. Los tres se han marchado a Skye.

–Sí, lo había oído. Su cuñada era la dueña de la librería, ¿verdad?

–Sí. Y ya que ninguno logramos convencer a la abuela de que vendiera sus propiedades y se marchara de Candlewick, alguien tiene que estar aquí para cuidarla.

–Es tremendamente generoso por su parte, señor Stewart. No conozco a muchos hombres dispuestos a posponer sus vidas por sus abuelas.

Duncan no estaba seguro de si el tono de la abogada era de admiración o sarcasmo.

–La verdad es que no tuve elección –no se sentía muy cómodo. Esa mujer parecía inofensiva, pero tardaría en confiar en ella. No tenía muy buena opinión de los abogados en general tras el divorcio de sus padres.

–Todo el mundo tiene elección, señor Stewart. En otras circunstancias podría haber pensado que lo hace por el dinero, pero su abuela me ha hablado de su hermano y de usted lo suficiente como para saber que no es así. Soy consciente de que disfruta de una fantástica posición económica con o sin su parte de Propiedades Stewart.

—Imagino entonces que también le ha dicho que mi padre no va a recibir ni un centavo.

—Sí, puede que lo haya mencionado de pasada. Su padre tiene varias galerías de arte, ¿verdad? Supongo que no le importará el dinero de su madre.

—La abuela y él tienen una relación complicada que funciona mejor cuando viven en continentes distintos.

—Puedo entenderlo perfectamente —dijo la aboga de pronto con gesto sombrío.

Aunque en un principio Duncan no había querido acudir a la reunión, ahora estaba dispuesto a prolongar la conversación por la mera razón de seguir disfrutando de la compañía de la abogada. Se había esperado una mujer de mediana edad con un traje gris y una actitud excesivamente estirada y contenida, pero lo que se había encontrado era un bombón curvilíneo de apenas metro sesenta. Según los diplomas que colgaban en la pared, debía de rondar los treinta años. Era una persona cálida y atrayente. Tenía el pelo muy ondulado y cortado a la altura de la barbilla, y no era ni rojizo ni rubio, sino una atractiva mezcla.

Llevaba una falda negra ceñida hasta las rodillas que destacaba un trasero redondeado y unas piernas preciosas. Los botones de su camisa roja contenían con dificultad sus espectaculares pechos, tanto que le estaba costando mucho apartar la mirada de esas tentadoras vistas.

Él no era un neandertal, respetaba a las mujeres, pero… ¡joder! ¡Abby Hartman estaba buenísima! Su atuendo no era provocativo, se había dejado desabrochados solo los dos primeros botones de la camisa, pero ese escote…

Se aclaró la voz deseando no haber rechazado la botella de agua que ella le había ofrecido antes.

–Quiero a mi abuela, señorita Hartman. Mi abuelo y ella levantaron Propiedades Stewart de la nada.

–Llámeme Abby, por favor. Me dijo que su abuelo decidió cambiarse el apellido y llevar el apellido de soltera de su abuela para poder perpetuar el apellido Stewart. Es extraordinario, ¿no cree? Sobre todo tratándose de un hombre de su generación.

–Vivieron un gran amor, uno de esos que se relatan en los libros. Se adoraban. Ella había renunciado a todo por él, a su familia y a su tierra natal, y supongo que mi abuelo lo hizo para demostrarle que quería darle algo a cambio.

–Me parece maravilloso.

–¿Pero?

–No he dicho «pero»…

Duncan sonrió.

–Estoy seguro de que he estado a punto de oír un «pero».

Abby se sonrojó.

–Pero… dudo de que algo así, una devoción como la que se tuvieron sus abuelos, siga encontrándose hoy en día. Dudo de que siga habiendo historias de amor apasionadas, gestos tan épicos y matrimonios de décadas de duración.

–Abby, eres tremendamente joven para ser tan pesimista.

–Usted no me conoce lo suficiente como para dar esa opinión –contestó ella con brusquedad.

Duncan se quedó atónito. La abogada tenía carácter.

—Mis disculpas. Deberíamos ponernos con el testamento. No quiero robarte mucho tiempo.

—Lo siento. Hemos tocado un tema delicado. Y, sí, estudiaremos el testamento, pero primero, una pregunta más. Si su abuela dejó Escocia para establecerse aquí con su abuelo, ¿cómo es que es usted escocés?

—Mis abuelos tuvieron un único hijo, mi padre, y siempre estuvo fascinado por sus raíces escocesas. En cuanto fue adulto, se trasladó a las Tierras Altas. Escocia es el único hogar que hemos conocido Brody y yo, exceptuando las visitas ocasionales a Candlewick.

—Estoy al tanto del negocio de barcos de su hermano en Skye. ¿A qué se dedicaba usted?

—Yo era su director financiero, y lo sigo siendo, supongo. No sabemos por cuánto se prolongará este paréntesis, pero le he insistido para que me sustituya de manera permanente por el bien del negocio.

—Lo siento. Todo esto debe de estar siendo muy complicado para usted.

Esa sincera amabilidad en sus suaves ojos grises lo conmovió y, por primera vez en días, pensó que tal vez podría sobrevivir a ese cambio tan radical que había sufrido su vida.

—No tanto como haber perdido a mi abuelo. Eso nos ha afectado mucho a todos. Era un hombre increíble.

—Sí que lo era. No lo conocí bien, pero tenía una reputación impresionante en Candlewick. La gente de por aquí haría prácticamente cualquier cosa por su abuela. Se la quiere mucho.

—Lo sé. Es una de las razones por las que no tuvimos valor para seguir insistiendo en que se marchara.

Eso, y el hecho de que tendríamos que haberla llevado en brazos y haberla subido al avión a la fuerza entre gritos y patadas.

—Es muy testaruda, ¿no?

—Ni te lo imaginas. Cuando una escocesa anciana y cascarrabias tiene algo claro, no hay más opción que dejarle salirse con la suya.

Abby sonrió y Duncan intentó no fijarse en cómo se le movieron los pechos cuando se giró en la silla.

—¿Cenarías conmigo alguna noche?

La abogada se quedó paralizada e incluso Duncan se sintió avergonzado de pronto. No era un hombre impulsivo en absoluto.

—No estoy segura de que eso sea ético. A lo mejor debería haber sido más clara desde el principio. Mi colega, el señor Chester, ha sido el abogado de sus abuelos durante mucho tiempo, pero ahora mismo está de baja médica porque se ha sometido a una operación de corazón. Mientras tanto, yo soy la encargada de llevar los asuntos de su abuela, y tenemos un cliente que está muy interesado en comprar Propiedades Stewart.

Duncan respondió con una mezcla de cinismo y decepción.

—No me interesa.

—Es una gran oferta.

—No me importa. No quiero saber nada. Mi abuela no quiere vender.

—Creía que estaba velando por sus intereses.

—Eso hago, y me resulta alarmante que sus abogados intenten obligarla a vender una empresa que adora.

—El señor Chester se preocupa por el bienestar de su abuela. Todos lo hacemos.

–Qué conmovedor.

–¿Está siendo intencionadamente cínico y grosero o es algo natural en usted? Lamento tener que ver que se está cuestionando mi ética profesional.

–Y yo lamento que haya gente que intenta aprovecharse de una anciana.

–¿En qué sentido es estar aprovechándose de ella hacerla extremadamente rica?

–Mi abuela no necesita más dinero. Tiene suficiente.

–Nadie tiene suficiente dinero, señor Stewart.

Duncan captó algo en ese comentario, cierto dolor, pero decidió no ahondar en ello en ese momento. Y a pesar de su aversión por los abogados y de saber que debería mantenerse alejado de esa mujer, volvió a su propuesta inicial:

–Cena conmigo.

–No.

–No conozco a nadie en el pueblo, solo a mi anciana abuela y a ti. Apiádate de mí, Abby Hartman. Y, por cierto, llámame Duncan. Siento como si ya nos conociéramos.

–Lo pensaré, Duncan, pero no me presiones. Además, ¿por qué querrías cenar con una abogada traidora? Me estás lanzando señales confusas.

–De acuerdo, no volveré a mencionarlo. Al menos, no durante unos días. ¿Qué pasa entonces con el testamento?

Abby pareció aliviada de cambiar de tema y él se divirtió viéndola volver a su papel de abogada. Siempre le habían atraído las mujeres inteligentes, las que se lo ponían difícil, y Abby sin duda era una de ellas. Aunque era bien consciente de que la atracción era mutua, no era tan tonto como para pensar que sería una conquista sencilla.

Si quería a la exuberante y curvilínea abogada en su cama, ella le haría ganárselo. Y eso le gustaba. Le gustaba mucho.

—Aquí tienes —le dijo acercándole una copia del documento—. Habrás visto la versión anterior, pero en esta se ha añadido una cláusula de escape, por así decirlo. Cuando pasen veinticuatro meses, si no eres feliz aquí y quieres volver a Escocia, tu abuela accederá a vender Propiedades Stewart y volverá contigo a Escocia. Tu hermano y tu abuela ya lo han firmado.

—¿Sí?

—Sí. Brody tuvo que hacerlo antes de marcharse y tu abuela lo acompañó.

—¿Por qué no me dijeron nada?

—Te lo estoy diciendo yo ahora.

Duncan leyó detenidamente los puntos que requerían su firma.

—No lo entiendo. La abuela nos dijo que nos dejaba la empresa a los dos al cincuenta por ciento.

—Dados los últimos acontecimientos, la boda de Brody y tu establecimiento en los Estados Unidos, tu abuela y tu hermano pensaron que lo más justo era repartirla a un ochenta veinte. Has dejado tu trabajo y tu vida en Escocia y quieren asegurarse de que esa decisión no te perjudique.

—He tomado la decisión por voluntad propia. No pedí nada a cambio. Esto es ridículo. No pienso firmar.

—¿Es que no conoces a tu abuela? Puedo asegurarte que no cambiará de opinión. Además, tampoco lo tienes tan fácil. La empresa es enorme y compleja y el futuro o fracaso de Propiedades Stewart dependerá de ti.

–Gracias por los ánimos.

–Haberte mudado a Candlewick y cuidar de tu abuela no será fácil. Nunca es fácil tratar con la gente mayor y tendrás el estrés añadido de dirigir una empresa multimillonaria.

–Gracias otra vez. Esto se te da muy bien.

Ella sonrió.

–Mi trabajo consiste en dejar las cosas claras.

–Considéralas aclaradas. De pronto me están entrando ganas de dejárselo todo a Brody.

–No creo que él lo aceptara.

–Genial. Genial.

–Míralo como una aventura.

Duncan firmó donde se requería.

–Ya está. Hecho. Espero poder contar contigo en los próximos meses.

Los suaves labios de Abby, ligeramente cubiertos de brillo labial, se abrieron y se cerraron.

–¿Para asesoramiento legal?

Duncan se recostó en el sillón y le sonrió.

–Para todo.

Abby pasó el resto de la jornada aturdida, dividida entre la emoción por que Duncan Stewart le hubiese pedido una cita y la absoluta certeza de que había estado bromeando.

Por suerte, había quedado para cenar con su mejor amiga, Lara Finch, y ahora estaban en Claremont. En Candlewick había lugares encantadores para comer, pero si buscabas intimidad y un cambio de aires, merecía la pena recorrer treinta kilómetros.

Mientras tomaban unas crepes de pollo, Lara le dijo:

—Te pasa algo, Abby. Estás muy colorada y apenas has dicho nada.

—He hablado en el coche.

—Yo he hablado en el coche. Tú te has limitado prácticamente a escuchar.

—A ti te toca conducir hoy y yo me he tomado una copa de vino. Por eso estoy colorada.

—¡Abby!

—Vale, te lo contaré. Hoy he conocido a un hombre.

Lara soltó el tenedor y la miró estupefacta.

—No es tan raro, ¿no?

—La última vez que mencionaste a un hombre fue a principios de siglo más o menos, así que este hombre misterioso debe de ser especial. Por favor, dime que tiene un hermano. Estoy en periodo de sequía.

—Sí que lo tiene, pero por desgracia para ti, ya está casado.

—Mierda.

—¿Conoces a Isobel Stewart?

—Claro. Todo el mundo conoce a la señora Izzy. Tiene varias cuentas en el banco.

Lara trabajaba como asesora de préstamos, un puesto de mucha responsabilidad y autoridad en un pueblo pequeño.

—Bueno, pues es el nieto de Izzy.

—¿Brody?

—No. Ese es el que se acaba de casar.

—Con la chica de la librería…

–Eso es.

–Es por el acento, ¿verdad? Seguro que aunque tuviera dos cabezas y verrugas, la mujeres seguirían cayendo rendidas.

–¿Me estás llamando superficial?

–No te pongas a la defensiva y dime por qué es tan adorable e irresistible.

–Tiene algo, Lara, cierta intensidad. No estoy segura de poder explicarlo. Es muy masculino.

Lara abrió los ojos de par en par, se abanicó con la servilleta y dio un trago de agua.

–¿Y qué vamos a hacer para asegurarnos de que este hombre tan masculino se fije en ti?

Abby no logró contener una sonrisa de satisfacción.

–Eso no va a ser un problema. Ya me ha pedido salir.

Su amiga con cuerpo de modelo, cabello rubio ceniza y ojos color zafiro la miró atónita.

–¿En serio? Han sido las tetas, ¿verdad? ¡Lo que yo daría por tener esas tetas veinticuatro horas! Son como imanes para los hombres.

–No creo que hablara en serio. Está solo y él mismo ha dicho que no conoce a nadie en el pueblo.

–Tiene que haber algo más porque, si no, no estarías tan nerviosa.

–Ha flirteado conmigo casi desde el principio y después me ha pedido una cita, aunque también ha insultado mi profesión y ha cuestionado mis intenciones.

–Pero entonces ¿qué le has dicho?

–Que lo pensaría.

–Ah, muy bien. Eso, eso, ¡que se lo trabaje!

–No lo he hecho por eso. No estoy segura de que salir con él sea ético. He trabajado mucho para llegar adonde he llegado en mi carrera, para asegurarme de que todo el mundo sepa que no soy como mi padre.

—¡Oh, por favor! Además, la señora Izzy es técnicamente la clienta de tu jefe, no la tuya.

—Sí, pero…

Lara la interrumpió con una sonrisa triunfante.

—¡Problema resuelto! Y ahora, las preguntas importantes: ¿Tienes ropa interior buena? ¿Qué te vas a poner cuando lo saques de su soledad?

Capítulo Dos

Abby decidió esperar una semana antes de contactar con Duncan para tener tiempo de saber si de verdad quería salir con él. Así, si en ese tiempo descubría que solo había estado jugando con ella, no se habría puesto en ridículo por nada.

Tenía intención de llamarle el sábado por la mañana. Ahora era viernes por la noche y Lara estaba en su casa para celebrar una batalla de cine. Era algo a lo que solían jugar y esa noche tocaba la batalla de los Chris: Chris Pine contra Chris Hemsworth.

Mientras preparaban palomitas, Lara rebuscaba en la nevera.

–¿Te ha molestado tu padre últimamente? –preguntó antes de dar un trago a un refresco y sentarse sobre la encimera.

–No. Ha estado sospechosamente tranquilo. Demasiado.

–Mi madre quiere que te diga que estás invitada a nuestra casa por Acción de Gracias.

–Aún queda mucho –dijo Abby con un nudo en la garganta.

–No tanto. Mi madre te quiere. Toda mi familia te quiere. No es culpa tuya que tu padre metiera la pata hasta el fondo.

Abby sirvió las palomitas en dos cuencos y suspiró.

–Siento que es culpa mía. A lo mejor debería haber intentado conseguirle ayuda médica. No sé si tiene algún problema diagnosticable o si simplemente es un cretino profundamente desequilibrado.

–No debería haber sacado el tema, pero no puedo soportar verte pasar las fiestas como el año pasado. Fue un infierno. Eres como mi hermana, Abby. Y te mereces lo mejor –saltó de la encimera–. Bueno, ya basta de hablar de cosas tristes. Vamos a comer. Y no olvides la tarta de queso que he traído.

–¿La tarta de queso va bien con las palomitas?

–La tarta de queso va bien con todo.

Hora y media después, cuando terminó la primera película, Abby ya estaba bostezando.

–Lo siento. Anoche no dormí mucho.

–¿Estuviste soñando con el atractivo escocés?

–La verdad es que no. No me ha llamado.

–Si no me equivoco, le dijiste que te diera tiempo para pensártelo.

–Sí.

–Entonces, ¿cuál es el problema?

–No sé si quiero salir con él.

–Mentirosa. Claro que quieres, pero tienes miedo.

Era cierto.

–Me sobran siete kilos, Lara.

–No a todos los hombres les gustan las mujeres palo. A él le gustó lo que vio y, además, eres preciosa, lo creas o no.

Para Lara era fácil decirlo. Era el paradigma de la mujer perfecta.

–Bueno, eso es discutible, porque no se ha puesto en contacto conmigo y yo no tengo el valor de llamarle.

–Vamos a ver esto objetivamente, cielo. ¿Con qué frecuencia llegan al pueblo hombres nuevos?

–Casi nunca.

–Y cuando llegan, ¿con qué frecuencia son jóvenes y están buenos y disponibles?

–Casi nunca.

–Y cuando uno de ellos es joven y está bueno y disponible, ¿con qué frecuencia es un tipo decente que quiere a su abuela y está dispuesto a sacrificar su propia felicidad por la de ella?

–Estás haciendo que parezca una mezcla entre Robin Hood y James Bond, pero estoy segura de que Duncan Stewart solo quiere echar un polvo.

–Eso es lo que quieren todos los hombres. De todos modos, tampoco te vendría mal.

–¡Lara!

–Estás a punto de cumplir los treinta. Después llegarán los treinta y cinco y luego los cuarenta y ya no encontrarás hombres de los buenos. Tienes a uno que ha mordido el anzuelo, Abby. No lo sueltes.

–Es el discurso más ridículo y sexualmente obsoleto que he oído en mi vida.

–Sabes que tengo razón.

–Y, además, no veo que tú vayas mucho de pesca.

–A lo mejor si tuviera a un escocés encantador pidiéndome una cita, sí que lo haría.

–No sé. Es arrogante, rico y sarcástico. Seguro que no ha tenido que luchar por nada en la vida.

–Escríbele. Ahora mismo. Dile que sí.

–Me estás presionando.

–Te estoy alentando. Hay una diferencia.

Abby levantó el móvil.

–No sé qué decir.

–Hazlo, Abby.

De pronto, el teléfono sonó y las palabras que aparecieron en la pantalla no dieron lugar a dudas sobre el remitente.

¿Te he dado tiempo suficiente? ¿Cenamos el martes? ¿Te recojo a las seis?

–¡Es él, Lara! Al parecer sí que iba en serio.

–¡Claro que iba en serio! Ese hombre tiene buen gusto. Escríbele, date prisa.

Con manos temblorosas, Abby respondió:

Dos condiciones. No es una cita y me tienes que dejar contarte lo de la oferta para el negocio de tu abuela...

–No me voy a terminar el postre –dijo al enviar el mensaje–. ¿Crees que puedo perder unos cuantos kilos para el martes?

Lara le pasó el tenedor.

–Cómete la tarta. Estás perfecta tal como estás. Y si Duncan Stewart no piensa lo mismo, es un idiota.

Duncan había adoptado una rutina que, de momento le resultaba práctica. Se levantaba temprano, iba al pueblo y abría la oficina antes de que los demás llegaran para poder ver cómo iba todo sin que lo estuvieran observando. Los empleados habían sido cordiales y de gran ayuda, pero sospechaba que se estaban preguntando si habría despidos. Pero eso no entraba en sus planes. Propiedades Stewart parecía estar funcionando muy bien tal como estaba y dependía de él asegurarse de que el éxito continuara.

La empresa tenía dos divisiones igual de rentables: la construcción de cabañas en la montaña y el alquiler de cabañas. Isobel y Geoffrey habían sacado provecho del mercado del turismo décadas atrás, cuando estaba en ciernes, y se habían ganado una reputación poco a poco. Desde el principio, la oficina principal había estado ubicada en Candlewick, pero tenían sucursales en Asheville y en otros puntos en un radio de ciento sesenta kilómetros.

Alrededor de las once de la mañana siempre volvía a la montaña a recoger a su abuela, que insistía en seguir implicada en las operaciones diarias de la empresa. Y después, mientras almorzaban en el pueblo, escuchaba atentamente las opiniones de Isobel sobre las distintas decisiones corporativas. La mente de la anciana seguía tan aguda como siempre, aunque no tanto su aguante físico. Algunos días se quedaba en la oficina hasta las cinco, la hora de cierre, y otros días alguien la llevaba a casa a las tres.

Ese martes en particular estaba siendo un buen día y habían pasado varias horas repasando los planos de unas cabañas que construirían en un terreno que acababan de adquirir.

—Estas van a gustar mucho. Hazme caso —dijo Isobel cerrando la carpeta cuando terminaron.

Duncan se pasó la mano por la cabeza y bostezó mientras se levantaba.

—Te creo, abuela. Eres la jefa.

Isobel le agarró la mano y se la acercó a la mejilla.

—Gracias, mi niño. Gracias por todo lo que has hecho por esta anciana. No sabes cuánto significa para mí.

Él la abrazó, contento de que su abuela no supiera cuánto le había costado tomar la decisión de ir a Candlewick.

—Te quiero, abuela. Cuidaste de Brody y de mí cuando estábamos perdidos tras el divorcio de mamá y papá. Y además, lo estoy pasando bien.

Y era cierto. Lo estaba pasando bien a pesar de no habérselo esperado en absoluto.

—Supongo que debo decirte algo. Esta noche tengo una cita, así que no me esperes despierta.

A la mujer se le iluminaron los ojos y se rio de alegría.

—¡Cuéntame, mi niño! ¿Alguien que yo conozca?

—¿Conoces a Abby Hartman? Trabaja en el bufete de abogados donde he firmado el nuevo testamento.

Isobel frunció las cejas.

—Ah, sí, Abby. Es una buena chica.

—¿Por qué tengo la impresión de que no te parece bien?

—Abby no ha tenido una vida fácil. Se merece que la traten bien.

—No tenía pensado hacerle nada malo, abuela.

—Ya sabes lo que quiero decir. No me gustaría que jugaras con sus sentimientos.

—Me parece una mujer extremadamente inteligente. Creo que puede apañárselas sola.

—A lo mejor. ¿La traerás a casa para que pueda saludarla?

—Tal vez. A ver qué tal nos va esta noche.

—Así que no estás muy seguro de ti mismo. Eso está bien.

—¿De qué lado estás?

–Siempre estaré de tu lado, Duncan, pero las mujeres tenemos que permanecer unidas.

Unas horas después, Duncan estaba aparcando delante del bonito bungaló blanco de Abby. Vivía en una calle tranquila a solo dos manzanas de la plaza del pueblo. Su diminuto jardín estaba perfectamente cuidado y sus ventanas resplandecían bajo el sol de la tarde.

Desde que había aceptado su invitación el viernes por la noche, se habían escrito un par de veces más y estaba deseando verla. Tal vez necesitaba un descanso del trabajo o una distracción de su complicada nueva vida. O tal vez simplemente quería decidir si la atracción que había sentido en el bufete seguía ahí.

Las condiciones que ella había puesto para aceptar la invitación lo habían molestado al principio, pero después de pensarlo, decidió que no le importaba.

Cuando llamó y ella abrió la puerta, contuvo el aliento. Abby sonreía tímidamente y llevaba un vestido de manga larga de seda verde que envolvía su figura de reloj de arena desde los hombros hasta las rodillas y unos tacones negros que le sumaban unos centímetros de altura. Tenía un pelo espectacular.

–Estás preciosa. Me alegro mucho de que aceptaras.

–Yo también. Voy a por el bolso.

Al llegar al restaurante francés que Duncan había elegido en Claremont y ayudarla a bajar del coche, la bofetada de deseo que sintió lo dejó sin aliento. Durante la transición de Escocia a Carolina del Norte había vivido en el celibato por necesidad, pero lo que sentía por la menuda abogada era más que un mero deseo sexual. ¡Lo tenía fascinado!

–Háblame de tu infancia –le dijo mientras cenaban–. ¿Siempre quisiste ser abogada? Creía que la mayoría de las niñas primero optaban por ser princesas.

Abby se rio tal como él había pretendido. Sus ojos enmarcados por esas largas pestañas le recordaban a una gatita que había tenido de pequeño.

–Si te soy sincera, estaba obsesionada con la idea de estudiar en el extranjero, en cualquier lugar, el que fuera, con tal de poder alejarme de mi casa. Pero era muy realista, incluso de niña, y sabía que no teníamos dinero suficiente para poder hacerlo. Mi madre murió cuando yo tenía tres años y mi padre me crio solo. Siempre andábamos justos de dinero.

–Estudiar Derecho no es barato.

–No. Tuve mucha suerte. El señor Chester, que fue el primer abogado de tus abuelos, tenía la tradición de becar a alumnos del instituto y, cuando murió, su hijo continuó con el programa. Tuve la suerte de hacer prácticas en el bufete el último año de instituto y me di cuenta de que me gustaba el trabajo. El señor Chester me ayudó con las solicitudes para entrar en la Facultad de Derecho y me aceptaron en Wake Forest. Cuando terminé, me ofrecieron un empleo en Candlewick.

–¿No aspirabas a irte a la ciudad y dejar huella?

–Creo que todos alguna vez pensamos cómo sería empezar de cero en un lugar nuevo, pero para mí las ventajas de quedarme pesaban más que las desventajas y nunca he lamentado la decisión. ¿Y tú, Duncan? ¿Cómo era tu vida en Escocia?

Él se encogió de hombros, aún con un sentimiento agridulce por todo lo que había dejado atrás.

–Imagino que habrás oído hablar de la isla de Skye. Pues bien, es tan preciosa como dicen.

–Echas todo aquello de menos. Lo noto en tu voz.

–Sí, pero soy adulto y puedo sobrellevarlo.

–¿Cómo acabaste trabajando con tu hermano?

–Brody empezó en el negocio de los barcos con veintipocos años, y cuando yo terminé la universidad, me pidió que me incorporara a la empresa y me ocupara de los asuntos financieros. Hemos formado un buen equipo a lo largo de estos años.

–Me dijiste que te está guardando tu puesto.

–Sí, pero yo no le veo sentido. La abuela está sana y fuerte como un roble, podría vivir una década más. Y espero que lo haga.

Se quedó impactado cuando Abby sonrió y le agarró una mano. Sus dedos eran suaves y cálidos.

–Creo que eres un hombre muy dulce, Duncan Stewart.

Ella le acariciaba los nudillos con el pulgar.

–No soy dulce –dijo con brusquedad antes de levantar la mano que tenía libre y llamar a la camarera–. ¿Podemos ver la carta de postres, por favor?

–Oh, no, yo no quiero –respondió Abby algo seria.

–Son famosos por su pudin.

–Tendrás que comértelo tú. Estoy demasiado llena.

–¡Tonterías! Solo te has tomado una ensalada y una pechuga de pollo diminuta. No puedo tomar el postre solo.

Ahora Abby sí que parecía verdaderamente disgustada. Le soltó la mano.

–No quiero postre. Estoy a dieta.

Él pidió uno de todos modos.

–¿Y por qué narices estás a dieta? Eres perfecta.

Abby lo miraba esperando que dijera algo más, otro cumplido con el que engatusarla y llevarla a la cama, pero Duncan se limitó a mostrarse verdaderamente enfadado y molesto ante su insistencia de no tomar postre.

–Tú eres alto y esbelto, Duncan. Para las mujeres como yo, que somos bajas y rechon…

Él alargó el brazo y le tapó la boca con la mano.

–Ni se te ocurra decirlo. ¿Es que los hombres de este país están ciegos y estúpidos? ¿Llevo cada minuto de esta cena preguntándome cuándo podré ver tu curvilíneo cuerpo desnudo contra el mío y tú te preocupas por el postre?

En ese momento la camarera llegó con un delicioso pudin cubierto de nata y, en el silencio que se creó, Abby sintió cómo el rostro se le iba enrojeciendo. Vergüenza y tensión sexual se entremezclaban.

–Abre la boca, mi niña. Ya que ahora mismo no puedo hacer otra cosa, me gustaría darte de comer.

Abby separó los labios nerviosa. El modo en que la estaba mirando tendría que estar prohibido.

–Abre un poco más.

Ella obedeció y gimió cuando el postre se deslizó entre sus labios y los sabores estallaron en su lengua. Masticó y tragó aturdida mientras Duncan la observaba como un halcón hambriento vigilando a su presa.

–¿Te gusta?

El acento de Duncan se ocultaba bajo el áspero tono de deseo.

–Sí. ¿Quieres?

–Solo si me lo das tú.

Era la primera vez que se veía en una situación así. Duncan Stewart había convertido una simple cena en un preámbulo sexual.

–No me acuesto con un hombre en la primera cita –dijo desesperadamente y recordándose los motivos por los que seguía esa norma.

–Entendido, aunque esto no es una cita, ¿recuerdas? Me conformaré con este postre, pero dámelo ya antes de que se enfríe.

Abby, sin embargo, tuvo la sensación de que ella ya nunca volvería a tener frío. Con dedos temblorosos, y bajo la atenta mirada de él, levantó la cuchara.

–Para.

–¿Que pare qué?

–Que pares de imaginarme desnuda.

–¿Eso estaba haciendo? No sabía que leyeras la mente.

–Abre la boca, Duncan.

–Sí, señora.

¿Por qué nunca se había dado cuenta de lo erótico que podía resultar dar de comer el postre a un hombre?

–¿Suficiente?

Nerviosa, dio un trago de agua.

–Sigo hambriento –respondió él riéndose.

–Pues aliméntate tú solo.

–Si no vas a dormir conmigo esta noche, al menos podríamos jugar un poco.

–¿Te enseñan a ser así en la Escuela de Escoceses Pícaros y Sexys?

Capítulo Tres

Duncan se rio a pesar de que su sexo estaba duro como una roca y quería gritar por no poder tener a Abby esa noche.

–No. La verdad es que no he tenido mucho éxito con las mujeres en los últimos años. Supongo que he estado demasiado ocupado con el trabajo.

–¡Venga ya!

–Es verdad. Brody siempre ha sido el bromista y el simpático, pero yo he pasado mucho tiempo solo. Me gustaba pasear por los páramos y toquetear los motores de los barcos. Las mujeres me resultaban complicadas y a veces me daban demasiado trabajo.

–¿Entonces por qué yo?

En un principio pensó que estaba flirteando, buscando un cumplido, pero al mirarla vio que se lo estaba preguntando sinceramente y eso le encogió el alma.

–Por Dios, Abby, eres poesía con cuerpo de mujer. Cuando entré en tu despacho, fue como si me hubieran golpeado el pecho. Podría haberte tomado allí mismo. No lo puedo explicar.

Ella lo miraba asombrada y se mordía los labios.

–No es normal que un hombre de tu edad tenga que vivir con su abuela y estás muy lejos de tu casa. Creo que toda esta nueva situación te ha confundido, porque yo nunca he vuelto loco a nadie sexualmente.

—Seguro que has oído hablar de la química, dulce niña.

—¿Entonces es eso?

—Tal vez. O a lo mejor hay un poco de magia. Los escoceses creemos en las hadas, ¿sabes?

Abby sonrió.

—Mira, Duncan, me gustas bastante y eres un hombre muy sexy y atractivo, pero me parece que todo esto es mala idea.

—¿Por qué?

—Si terminamos en la cama, me arriesgo a convertirme en el nuevo chismorreo de Candlewick, y he trabajado mucho para demostrar que soy buena en mi trabajo.

—Seremos discretos. Las aventuras secretas pueden resultar muy excitantes.

—Creo que no me estás entendiendo.

—Sé lo que quiero, Abby. Y creo que tú también lo quieres. Pero si me equivoco, lo único que tienes que hacer es decirlo y te dejaré tranquila.

Al cabo de un largo silencio, Abby respondió:

—Si lo hacemos, lo nuestro será algo temporal. Breve y secreto. No quiero que todo el mundo se entere cuando termine, y para eso debemos evitar que sepan cuándo empieza.

—Nunca he empezado una relación planeando de antemano su final.

—Los abogados trabajamos con los finales y los comienzos. La vida es más tranquila cuando las expectativas están claras y todo el mundo firma en la línea de puntos, metafóricamente hablando, claro.

—¡Qué susto! Creía que ibas a hacerme firmar un contrato antes de desnudarte.

—Pues lo he pensado.

—Estás de broma.

—Será con las luces apagadas y nada demasiado pervertido al principio.

—Define «al principio».

Se quedó encantado al oír a Abby reír a carcajadas.

—Ha sido genial, pero mañana tengo que trabajar –dijo ella mirando el reloj.

—Claro.

Duncan pagó la cuenta y fueron al coche.

Su acompañante estaba callada. Demasiado callada. No había mencionado al presunto comprador de Propiedades Stewart y, aunque él se alegraba de ello, por otro lado le preocupaba. Odiaba los secretos. ¿Tendría la sexy abogada algún plan en mente para debilitarlo de deseo y después engatusarlo para que vendiera? No la conocía lo suficiente como para confiar en ella.

Aun así, la deseaba, y no era arrogancia por su parte pensar que si insistía un poco, podría convencerla para irse a la cama con él esa noche. La excitación sexual bullía entre los dos. El suave aroma de su femenino perfume flotaba en el aire mientras ella, que se había descalzado para acomodarse en el asiento del coche, tarareaba suavemente las canciones que se oían por la radio.

Agarró el volante con fuerza. El trayecto de vuelta a casa estaba lleno de oscuros apartaderos donde un hombre podía desnudar a una mujer y hundirse en ella para aplacar su hambre. Deseaba a Abby con una pasión salvaje, pero ella le había pedido tiempo y lo único que podía hacer era tener un mínimo de paciencia.

Ya en el porche del bungaló, la rodeó por la cintura y le dio un beso de buenas noches mientras deslizaba las manos desde sus hombros hasta su estrecha cintura y las sensacionales curvas de su trasero. La fina tela del vestido verde no suponía ninguna barrera.

–Eres una mujer impresionante, Abby Hartman. Me alegro de que nos hayamos conocido –le mordisqueó un lado del cuello y sonrió cuando ella emitió un pequeño grito y se acurrucó más a él.

–Yo también. Gracias por la cena.

–Qué educada –bromeó él.

–Es lo que hacemos aquí en el sur, pero no confundas los buenos modales con ser una presa fácil.

–Entendido –nunca había sentido una mezcla tan extraña de deseo y ternura por una mujer–. Mañana por la noche volveré a darte de cenar. ¿A las seis te parece bien?

Abby se apartó y se pasó las manos por el pelo, visiblemente nerviosa. La luz del porche estaba apagada, pero la farola de la calle los iluminaba un poco.

–Mañana por la noche tengo club de lectura.

–¿El jueves?

–Ceno con unas amigas.

–¿El viernes?

Ella se giró, le rodeó el cuello y lo besó en la boca. Sus magníficos pechos ejercían presión sobre su torso.

–El viernes sería perfecto, pero solo si me llevas a ver a tu abuela antes y me dejas hablar con ella sobre el comprador que tiene el señor Chester.

Duncan perdió el sentido. Olvidó dónde estaba y olvidó que había decidido ser un caballero. Estaba furioso y excitado, una combinación peligrosa. Los labios de Abby eran adictivos y quería desnudarla y tomarla contra la puerta. Su erección se hundía en la suavidad de su abdomen. Era imposible ocultar el estado en que se encontraba su cuerpo y ella tenía que haberse dado cuenta; sin embargo, ni se apartó ni pareció importarle.

–Tengo que entrar en casa, Duncan –dijo Abby finalmente con tono de disculpa y acariciándole la mejilla como si así pudiera aplacar a la bestia que llevaba dentro.

–Claro.

Duncan respiró hondo en un intento de recobrar el control y le robó un último y apresurado beso. O al menos lo intentó, porque al final se quedó posado en sus labios, separándoselos con la punta de la lengua y acariciándole el interior de la boca hasta que los dos comenzaron a respirar entrecortadamente. Después, le rodeó la cara con las manos y le besó la nariz.

–Deja de seducirme.

–No lo estoy haciendo.

Se arriesgó a tocarle un pecho a través de la suave tela del vestido. El peso de su firme y redondeado seno reposaba sobre su palma y su respingón pezón parecía estar suplicando que lo tocara.

–Sí, mi niña. Sí que lo estás haciendo.

Abby entró en casa con la virtud intacta, aunque por poco. Cerró la puerta, echó la llave y miró por las cortinas para asegurarse de que el alto y guapo escocés estaba volviendo al coche.

Le temblaban las rodillas y tenía la boca seca. Aunque desde el principio había sabido que salir con Duncan Stewart sería una mala idea, a medida que se había ido desarrollando la noche, se había dejado arrastrar por la calidez de la pícara sonrisa del escocés. Y eso era exactamente lo que hacía que mezclar el negocio con el placer fuera un problema. En lugar de estar estableciendo contacto con la abuela de Duncan y explicarle por qué podría beneficiarle vender el negocio, había olvidado su misión, había puesto en peligro su fabulosa reputación en el bufete y se estaba acercando peligrosamente a convertirse en la aventura temporal de Duncan.

Al día siguiente en la hora del almuerzo, Lara y ella se tomaban una manzana mientras volvían de su habitual paseo de tres kilómetros.

—¡Suéltalo ya, Abby!

—Me divertí.

—¿Y ya está?

—Es interesante… Es un hombre viajado y leído. Un caballero.

—Pues eso suena aburridísimo.

—No. Fue agradable estar con un hombre que es capaz de llevar una conversación —no mencionó lo del postre. Ni siquiera ahora era capaz de pensar en el incidente del pudin sin excitarse y sonrojarse.

—¿Entonces no hubo nada de sexo? —le preguntó su amiga con resignación y decepción.

—Ya me conoces, Lara. No soy impulsiva, y menos en la intimidad.

—Al menos dime que te dio un beso de buenas noches.

—Sí. ¿Y qué?

—¿Estamos hablando de un besito educado en la mejilla?

—No exactamente. Bueno, tengo que volver al trabajo. Tengo una reunión dentro de quince minutos.

–¡Esta conversación no ha terminado! –gritó Lara mientras Abby se marchaba en la dirección opuesta.

–Esta noche nos vemos.

Por suerte para Abby, Lara se mostró más prudente durante su reunión mensual del club de lectura, que esa noche se celebraba en la trastienda de la pizzería del pueblo. Entre porciones de pizza de *pepperoni* y queso, la conversación pasó de un tema a otro hasta que se centraron en el argumento de la novela que debían haber leído. Abby no había querido terminarla porque la protagonista moría de una terrible enfermedad a dos capítulos del final, y mientras Lara, a quien le encantaba generar controversia y discusiones, debatía sobre si la protagonista simbolizaba o no los sueños perdidos; ella, a escondidas, sacó el teléfono del bolso y comprobó los mensajes. No había sabido nada de Duncan desde la noche anterior. Tal vez su insistencia en hablar con la señora Izzy lo había ahuyentado.

Había parecido bastante enfadado cuando lo había sugerido, aunque no tanto como para no besarla hasta derretirla por dentro. ¡Ese hombre, sin duda, sabía besar!

Cuando la camarera llegó para rellenar las bebidas, Lara bajó la voz y le dijo:

–¿Qué estás haciendo? Se supone que aquí no se puede trabajar.

–No es trabajo. Solo estaba mirando si tenía algún mensaje de Duncan. Me pidió que saliéramos el viernes por la noche, pero creo que le molesté y que habrá cambiado de opinión.

–¿Por qué?

–Le dije que solo volvería a salir con él si me llevaba antes a ver a la señora Izzy y me dejaba hablar con ella sobre la oferta que tenemos para comprar su negocio.

–Estoy impresionada. Menuda táctica.

–El señor Chester me pidió que me ocupase de una cosa mientras está de baja y lo único que tengo que hacer es hablarle de la oferta a la señora Izzy. Si de verdad no quiere vender, lo único que tiene que hacer es decir que no. Yo habré cumplido con mi obligación y ahí acabará todo. No sé por qué Duncan se molestó tanto.

–Yo sí que lo sé.

–¿Y tú cómo vas a saber en qué está pensando ese escocés?

–No quería mudarse aquí, ¿verdad?

–Correcto.

–Y si la señora Izzy acepta la oferta, Propiedades Stewart cambia de manos y Duncan queda libre. El pobre seguro que se siente culpable porque en el fondo quiere convencer a su abuela para que venda, pero eso lo convierte en una mala persona, así que le resulta más fácil mantenerte alejado de ella. De todos modos, ese hombre te desea, Abby, y encontrará el modo de tenerte y acallar su conciencia al mismo tiempo. Espera y verás.

Capítulo Cuatro

El jueves por la noche Abby tenía el ánimo por los suelos. Habían pasado cuarenta y ocho horas y no había vuelto a saber nada de Duncan Stewart.

Estuvo a punto de no ir a cenar con sus amigas porque era complicado fingir estar de buen humor cuando lo único que quería era ver películas románticas y vagar deprimida por su casa. Al final fue, pero solo porque así se distraería y no pensaría en Duncan.

Por mucho que se dijera que era inapropiado salir con el nieto de una de las clientas más importantes del señor Chester, en el fondo no lo pensaba, incluso a pesar de saber que él estaría en Candlewick durante un tiempo limitado, tal vez solo dos años, y que su aventura probablemente duraría mucho menos que eso.

La fascinaba. Por una vez en su meticulosamente planificada vida quería hacer algo peligroso e imprudente. Quería estar con Duncan.

Cuando la cena terminó, decidió dejar el coche en el restaurante y volver caminando a casa. Había tomado varias copas de vino y no quería arriesgarse a conducir. La noche era fresca con un toque otoñal, pero no fría, y había gente por las calles. La delincuencia era prácticamente inexistente en Candlewick. Algunas personas comparaban el pequeño pueblo con el ficticio Mayberry, y esa descripción no se alejaba de la realidad.

Al llegar a su calle, adormilada y aún pensando en Duncan, no se percató del intruso en un primer momento, pero entonces algo se movió en las sombras y contuvo el aliento.

Paralizada primero de miedo y después de indignación, le dijo a la figura en sombra:

–¿Qué estás haciendo aquí, papá?

En una época su padre había sido guapo y pulcro e incluso ahora, si se aseaba y se cortaba el pelo, podía presentarse ante el mundo como un hombre razonablemente sofisticado, pero por desgracia, sus demonios mentales lo controlaban hasta tal punto que la mayoría de los días era un deshecho de hombre.

–Quería ver a mi niña, pero no podía entrar en la casa –dijo arrastrando las palabras. Cuando se le acercó, Abby olió su aliento a alcohol.

–Bueno, pues ya me has visto. Tengo que irme a dormir. Y si no has podido entrar en casa es porque he cambiado todos los cerrojos.

–Te está yendo muy bien en ese trabajo que tienes como abogada. ¿Qué tal si le haces un préstamo a tu viejo? Este mes ando un poco corto.

«No te impliques. No te impliques. No te impliques». Ese mantra había protegido su salud emocional y su cordura en más de una ocasión.

–Tengo que irme –aunque no había motivos para ello, la invadió la culpabilidad.

Apenas era mitad de mes y él recibía varias pensiones. No había razones para que no tuviera dinero, y aunque las hubiera, no era responsabilidad de ella. Se dio la vuelta y subió un escalón. Sin embargo, Howard Lander no estaba dispuesto a rendirse.

–Cien, Abby. Nada más. Te los devolveré, te lo juro.

Estaba rabiosa. Los buenos padres les ofrecían a sus hijos un entorno de cariño y protección para que pudieran triunfar en la vida, pero su padre no solo no la había apoyado nunca, sino que le había hecho daño y había estado a punto de hacer descarrilar sus éxitos académicos.

–Si no te alejas de mí –dijo a punto de llorar–, voy a solicitar una orden de alejamiento.

–¿Por qué dices eso?

–Cada vez que entras en mi casa, me robas, papá. Dinero, joyas, medicinas. ¿Creías que no me daba cuenta?

–He pasado rachas malas, pero no es motivo para que una hija sea fría y cruel con su padre.

–No puedo seguir con esto, papá. Si no me dejas tranquila, te juro que me mudaré al otro lado del país. Ya resulta demasiado embarazoso que todo el pueblo sepa qué clase de hombre eres.

Había sido vendedor a domicilio y la mezcla de encanto y porfiada insistencia le había generado un éxito aceptable. Entre ventas de enciclopedias y artículos de hogar, había perseguido negocios con los que estaba seguro que se haría rico al instante.

Cuando Abby tenía ocho años, Howard Lander dejó de malgastar dinero en niñeras y optó por dejarla sola en casa después del colegio y los fines de semana.

La graduación del instituto supuso para ella un momento de liberación y en la universidad pasó los años más felices de su vida. Por ello, volver a Candlewick y trabajar para el bufete de Chester había sido una bendición a medias.

–Nunca pretendí hacer daño a nadie. He cometido muchos errores, pero siempre tuve buenas intenciones.

Lamentablemente, esa parte probablemente fuera verdad. Su padre no tenía malicia, solo un optimismo injustificado, un absoluto desconocimiento de las finanzas y una habilidad para sacarle dinero a la gente.

–Buenas noches.

–¡Me lo debes! Te podría haber dado en adopción cuando murió tu madre, pero no lo hice. Además, no te gustaría que empezara a contarle a todo el mundo lo mal que tratas a tu padre, ¿verdad?

Esa calculada amenaza abrió otra grieta en su ya de por sí quebrantado corazón. Esa noche había pagado la cena en metálico y llevaba las vueltas en el bolsillo. Siete dólares y treinta y dos centavos. Sacó el dinero y se lo dio.

–Toma esto y márchate. No quiero volver a verte aquí.

Entró corriendo en casa, cerró la puerta de golpe y echó el cerrojo. Las lágrimas le nublaban la visión y se le hizo un nudo en el estómago. Se dejó caer en el sofá, hundió la cara en los cojines y lloró hasta que le dolió el cuerpo.

Había trabajado mucho para llevar una vida decente y normal, pero su pasado siempre aparecía y le recordaba que la falta de honradez de su padre la mancharía a ella eternamente.

A las diez se levantó del sillón y fue al baño a darse una ducha. Mirarse en el espejo fue un error. Tenía los ojos rojos e hinchados y la máscara de pestañas corrida. Era una suerte que Duncan Stewart no pudiera verla ahora.

Y como si lo hubiera invocado con sus pensamientos, el teléfono sonó con un mensaje entrante:

No hemos quedado para mañana por la noche, ¿verdad?

Agarró el teléfono sin saber qué responder. Salir con Duncan Stewart era mala idea. Cuestiones éticas aparte, no tenían nada en común. Él era rico y había vivido una vida cómoda. Estaba segura de que nunca había tenido que preocuparse de que le cortaran la luz o el agua y de que nunca se había visto obligado a comer macarrones con queso envasados cinco noches seguidas porque era lo único que un niño pequeño podía calentar fácilmente en el microondas o, directamente, porque era la única comida que había en casa.

Decidió actuar con madurez.

No creo que sea buena idea que nos veamos en sociedad, Duncan. Demasiadas complicaciones.

Pasaron treinta segundos, sesenta, y finalmente el teléfono sonó de nuevo.

Abby, somos adultos. Te deseo. Me deseas. Aún no me conoces, pero nunca acepto un no por respuesta.

¡Ni yo!

Bien, te llevaré a ver a mi abuela antes de cenar, pero no te sorprendas cuando te diga que no quiere vender.

¿Y si dice que sí?

Te recogeré a las cinco y media. Tomaremos un aperitivo con ella y después podrás presentarle tu oferta, pero nada de tácticas de venta agresiva. Si dice que no, dejas el tema y punto.

Eres un arrogante, Duncan Stewart.

Sí, pero te gusto de todos modos...

El viernes supuso una tortura para Duncan. Cada vez que veía el rostro sonriente de su abuela, se sentía culpable porque esa noche iba a dejar que una abogada se acercara a ella solo para poder llevarse a la joven a la cama. Y en los momentos en los que no estaba pensando en Abby, sopesaba la cláusula de escape del testamento. Había ido a los Estados Unidos con la esperanza de que su abuela viviera otra década o incluso más, lo cual era posible dado que las mujeres de su familia habían rondado, e incluso sobrepasado, los cien años. No sería extraño que la abuela Isobel celebrara su centésimo cumpleaños ahí en Candlewick; gozaba de buena salud y se encontraba en pleno uso de sus facultades mentales.

Que su contrato incluyera una cláusula de escape le inquietaba; sin ella, no tenía más opción que volcarse en Propiedades Stewart y empezar de cero, pero saber que tenía la posibilidad de volver a Escocia al cabo de dos años significaba que siempre estaría contando el tiempo. Y ¿cuánto podría avanzar en su vida si siempre estaba mirando con melancolía hacia el lugar de donde había venido?

Cuando dieron las tres, una de las recepcionistas llevó a Isobel a casa para que pudiese echar una siesta. La anciana estaba emocionada con la idea de tener visita en casa y le había encargado a un cocinero una selección de aperitivos y de vinos con los que agasajar a Abby. Duncan se quedó en la oficina hasta el último minuto intentando con todas sus fuerzas concentrarse en el trabajo. El negocio se había ralentizado tras la muerte de su abuelo, pero primero Brody y ahora él habían ayudado a la abuela a volver a poner la empresa en marcha.

A las cinco llamó a su abuela para preguntarle si necesitaba que comprara algo más, pero ella le aseguró que lo tenía todo bajo control. Duncan sonrió para sí. Cuando eran jóvenes sus abuelos habían celebrado lujosas fiestas en la montaña y las invitaciones a su casa siempre habían sido muy codiciadas. Había oído más de una historia sobre noches en las que habían bailado hasta el amanecer y habían acabado con varias cajas de champán y whisky escocés.

A las cinco y veinte cerró la oficina y fue a recoger a Abby.

Ella le abrió la puerta con una sonrisa, unos pantalones de vestir negros y un suéter de cachemir rosa rojizo que se ceñía a sus amplias curvas. La levantó en brazos y la besó con cuidado de no estropearle el pintalabios.

Al principio la notó tensa entre sus brazos, pero después Abby suspiró y le devolvió el beso.

–Qué efusivo eres. Debería darte una bofetada.

–Supongo que no lo has hecho porque quieres comportarte bien hasta que logres tu objetivo, pero te advierto de que la abuela no va a vender.

–Si te preocupa tanto que hable con ella, podría llevarte a conocer al comprador la semana que viene y así no habría que decírselo a Isobel en un principio.

–No. No me gustan los secretos, nunca terminan bien. Si vamos a hacer esto, vamos a ser claros con tus intenciones.

–El señor Chester me ha pedido que presente la oferta, pero no soy responsable del resultado.

–La abuela está ilusionada con tu visita. Supongo que no me había dado cuenta de cuánto estará echando de menos a Brody, a Cate y al bebé desde que se marcharon. Solo conmigo la casa ha estado demasiado tranquila.

–Podría quedar con ella para almorzar otro día.

–¿Esa idea la estás proponiendo como abogada o como un ser humano decente?

–Las dos opciones no se excluyen mutuamente –respondió muy seria.

Duncan le abrió la puerta del coche. Incluso cuando estaba enfadada con él, sentía la atracción sexual, y eso no era nada bueno para su salud mental.

Al sentarse tras el volante y arrancar el motor se disculpó.

–Lo siento. Te prometo que hoy no haré más bromas sobre tu profesión.

–¿Solo hoy?

–Te juro que pensaré qué hacer el resto del tiempo.

El trayecto hasta la montaña fue breve. Al llegar, Abby bajó del coche y miró la casa de sus abuelos con admiración.

–Había olvidado lo preciosa que es. Aunque nunca he entrado.

–Brody y yo la hemos arreglado un poco. Mi abuela pasó mucho tiempo sin venir tras la muerte de mi abuelo, pero ahora que ha vuelto está feliz. Levantaron juntos esta casa, al igual que la empresa.

Al entrar, le indicó a Abby que lo siguiera.

–¡Abuela, estamos aquí! –se había esperado que su

abuela estuviera en la puerta esperando a su invitada–. Estará en la cocina.

–Me encantan las obras de arte que tiene y lo acogedora que resulta la casa.

–Hay cuadros y esculturas de todo el mundo. Abuela, ¿dónde estás? –al entrar en la cocina se le paró el corazón. Había una pequeña figura tendida en el suelo–. ¡Abuela! –se arrodilló junto a ella–. ¡Abuela! ¡Llama a urgencias! –gritó.

Abby estaba horrorizada. Mientras sacaba el teléfono y marcaba el número con manos temblorosas, Duncan agarró las manos de su abuela.

–Dime algo, abuela. Abre los ojos. Dame un paño húmedo. Están en el cajón junto a la pila –le dijo a Abby, que había terminado la llamada.

Un instante después, ella volvió con un paño mojado y Duncan se lo puso en la frente a su abuela. Tenía los labios azules, necesitaba la maniobra de reanimación cardiopulmonar. Por suerte, él sabía hacerla. Comenzó la secuencia de compresiones y ventilaciones. Contando. Presionando. Rezando.

Abby le agarró una muñeca a Isobel.

–¿Notas algo? –preguntó Duncan.

–No –respondió ella con lágrimas en los ojos.

–¡Joder! –repitió la secuencia, una y otra vez, hasta que le dolieron el pecho y los brazos y se le partió el corazón–. He hablado con ella hace media hora.

Abby lo rodeó por detrás y apoyó la cara en su hombro.

–Creo que está muerta, Duncan. Lo siento. Lo siento mucho.

Capítulo Cinco

A Abby le sorprendió que pudiera llegar a sufrir tanto por un hombre al que apenas conocía.

Las dos horas siguientes fueron una pesadilla. Un montón de gente desfiló por la casa: paramédicos, conductores de ambulancia, el médico personal de Isobel y más tarde un representante de la funeraria. Finalmente metieron el diminuto y frío cuerpo de la anciana en una espantosa bolsa negra y lo trasladaron al interior de un coche fúnebre.

Si hubiera tenido elección, habría preferido no presenciar la última parte, pero Duncan se había negado a apartarse de su abuela y ella se había negado a apartarse de él. En algún momento de esas horas, él se había encerrado en sí mismo. Había agradecido a todo el mundo la ayuda prestada, había tomado decisiones y había firmado papeles, pero el hombre que la había recogido en su casa un rato antes ya no estaba ahí.

Cuando finalmente se quedaron solos, por la enorme casa resonaban el silencio y la tragedia.

–Deberías comer algo –le dijo en voz baja–. Voy a prepararte algo.

Él no respondió. Tal vez ni siquiera la había oído. Acababan de entrar después de haber estado en la puerta viendo cómo se llevaban el cuerpo de su abuela.

–Vamos a la cocina –añadió agarrándolo del brazo.

En cuanto entraron en la cocina, se estremeció. Era imposible no recordar la imagen de ese pequeño cuerpo tendido en mitad del suelo. El médico creía que había sufrido un paro cardíaco masivo y que había muerto al instante y sin sufrir.

–Siéntate –le dijo llevándolo a una silla.

Preparó café y le sirvió algunos de los aperitivos con los que Isobel había querido obsequiarla: queso *brie* al horno con mermelada de frambuesa, brochetas de *mozzarella* y tomate, y champiñones rellenos de salchicha y queso ricota.

–Intenta comer algo.

Él miró la comida, pero estaba claro que en realidad no estaba viendo nada.

–Dime algo, Duncan –le dijo al sentarse y agarrarle la mano.

Duncan parpadeó como si se hubiera despertado de un sueño.

–Esta tarde ha estado conmigo en la oficina. Estaba bien. He hablado con ella a las cinco. Estaba bien. ¿Cómo ha podido pasar?

–La señora Izzy era mayor. Supongo que su corazón se ha rendido.

–Debería haber estado aquí.

–Ya has oído al doctor. Cree que ha muerto al instante.

–¡Pero no debería haber muerto sola! –dijo furioso.

No había nada que puediera responder a eso.

Abby agarró el tenedor y comió sin ninguna gana pero con la esperanza de que él la siguiera. Y al cabo de un momento, Duncan lo hizo. Se comió medio plato, se bebió una taza de café y se sirvió otra. Después, se puso a caminar de un lado a otro de la cocina, cada vez más nervioso.

—¿Deberíamos llamar a tu padre y a tu hermano?

—Estarán durmiendo ahora mismo y no servirá de nada despertarlos. La abuela siempre fue muy concreta al hablar de su funeral. Toda la familia acudió en masa para el funeral del abuelo y ella se alegró de tenernos a todos aquí, pero insistió en que cuando llegara su hora no quería que nadie volviera a los Estados Unidos. Quería que la incineraran y se esparcieran sus cenizas por la montaña.

De pronto Duncan salió de la cocina y ella lo siguió hasta el dormitorio de su abuela. No entraron, simplemente se quedaron en la puerta, mirando. La cama estaba perfectamente hecha y la novela que había estado leyendo, tal vez antes de dormir la siesta, estaba boca abajo sobre el colchón. Rodeó a Duncan por la cintura para intentar reconfortarlo aun sabiendo que no era posible. Pasó un minuto. Después otro.

Duncan no se movía, era una estatua en una casa que se había convertido en un mausoleo, y cuando finalmente habló, sus palabras apenas eran audibles.

—¿Crees que sabía que yo en realidad no quería venir aquí? ¿Que no quería aprender el negocio? Esas preguntas cargadas de culpabilidad brotaron de las profundidades de su dolor.

Abby apoyó la mejilla en su brazo y suspiró.

—Tu abuela te adoraba, Duncan. Que estuvieras dispuesto a dejarlo todo para mudarte aquí y ayudarla la hizo muy feliz. No vio tus dudas al respecto. Lo único que vio fue la devoción de su nieto.

—Eso espero.

A ella también la invadió la culpabilidad porque, independientemente de sentir mucho la pérdida de Isobel, sabía que ese repentino cambio significaba que Duncan no se quedaría en Candlewick. Y aunque la idea de tener una aventura con el rico y carismático escocés nunca había resultado demasiado realista, ahora ese delicioso sueño se había desvanecido para siempre.

Le acarició el brazo. Duncan estaba conmocionado.

—Vamos al estudio para que descanses un poco. Podríamos ver una película o hablar.

Duncan sacudió la cabeza como intentando despertar de un sueño.

—Debería llevarte a casa. Voy a por las llaves.

—No pienso dejarte solo esta noche, Duncan.

—No soy un niño.

Ella se puso de puntillas y lo besó en la mejilla.

—Lo sé, pero nadie debería pasar por esto solo.

Al final logró convencerlo y lo llevó al estudio donde él se limitó a mirar la pantalla durante horas sin ver nada en realidad. A las once, Abby apagó la televisión y las luces.

—¿Por qué no te das una ducha? Tal vez te siente bien. Por la mañana te ayudaré a tomar las decisiones que tengas que tomar, pero esta noche necesitas dormir.

Él asintió y se levantó. Después de acompañarlo a su habitación, Abby salió a comprobar que las puertas y las ventanas estuviesen cerradas. Había un sistema de alarma, pero no sabía cómo activarlo. Tal vez no pasaría nada por una noche.

La habitación de invitados que eligió al azar tenía una bonita decoración y un baño reformado con toda clase de artículos de tocador como en los hoteles.

Se dio una ducha, se lavó los dientes y se volvió a vestir. Al día siguiente Lara le llevaría una bolsa con lo básico que pudiera necesitar.

Se metió en la cama y, a pesar del agotamiento emocional, le costó conciliar el sueño. Estaba pendiente de Duncan, cuyo dormitorio estaba prácticamente enfrente, y había dejado la puerta abierta por si lo oía moverse. Y como si lo hubiera presentido, a la una de la mañana se despertó al oír a alguien en la cocina. Duncan debía de estar hambriento. Se planteó ir a cocinarle algo, pero entonces lo oyó volver a la habitación. Frustrada porque ahora le resultaba imposible volver a dormir, se levantó, fue al baño y después se quedó en mitad de la habitación a oscuras, planteándose qué hacer. ¿Estaría durmiendo Duncan?

Cuando oyó la puerta abrirse por segunda vez, salió al pasillo sin pensarlo.

—¿Por qué estás levantada? —le preguntó él sobresaltado.

—Te he oído y estaba preocupada.

—Siento haberte despertado. Deberías haberte ido a casa.

Ella no permitió que esas palabras pronunciadas con tanta brusquedad la hirieran.

—¿Has dormido algo, Duncan?

—A ratos.

Duncan llevaba unos pantalones de pijama de franela y tenía el torso desnudo y el pelo despeinado. El aroma de su piel flotaba en el aire.

—Duncan, yo…

—No te molestes. Ya me he dicho de todo a mí mismo pero no me ha servido nada. Era muy mayor y la gente que es muy mayor muere. Lo entiendo. Pero no estaba preparado y nunca imaginé que me sentiría así –agachó la cabeza y se quedó mirando al suelo. El dolor y el abatimiento salpicaban cada ángulo de su grande y masculino cuerpo.

Se le encogió el corazón al verlo. Estaba muy solo y muy lejos de su hogar. Le agarró la mano.

–Me voy a tumbar contigo, encima de la colcha, y así no estarás solo. Creo que ayuda tener a alguien cerca cuando te enfrentas a una pérdida.

Que Duncan no protestara o no hiciera ningún comentario picarón sobre el hecho de que fuera a meterse en la cama con él fue señal de su absoluta desolación.

–Gracias, Abby.

–De nada –susurró ella conmovida.

Un ruido la despertó de pronto y se quedó paralizada. Era un terrible lamento, el sonido de un hombre sumido en la agonía de una pesadilla.

–Duncan. Despierta, Duncan. Soy yo, Abby.

Hicieron falta varios intentos, pero finalmente él abrió los ojos. Tenía el rostro humedecido por las lágrimas.

–¿Lo he soñado? ¿Es verdad?

–No sé qué has soñado, pero si me estás preguntando por tu abuela, entonces sí. Se ha ido.

Duncan se derrumbó y se echó a llorar. Ella lo abrazó y él hundió la cara en su cuello, temblando.

–Shh. Tranquilo, Duncan. Todo irá bien.

Y así, abrazado a ella, se quedó dormido. Abby oía su respiración y a cada hora que pasaba iba asumiendo su propio dolor; el dolor de ver marchitarse una relación que no había tenido la oportunidad de echar raíces.

Seguían pegados el uno al otro y de pronto sintió demasiado calor, pero cuando intentó apartar la colcha, Duncan murmuró algo, se giró hacia ella y colocó su poderosa pierna sobre las suyas.

Al instante, Abby sintió la presión de su sexo excitado contra su cadera. Le dio un vuelco el estómago. Duncan estaba dormido y sabía que el cuerpo de un hombre reaccionaba de cierto modo en situaciones complicadas.

¿Era culpa suya? ¿Lo había deseado inconscientemente?

No, no. A pesar de ser una mujer soltera con hambre de sexo, no estaba tan desesperada. Había querido ayudar a Duncan esa noche, simplemente. Además, estaba completamente vestida. No podía pasar nada.

Él murmuró algo ininteligible y deslizó una mano bajo su suéter.

Abby se quedó paralizada y sin aliento, y cuando Duncan le acarició el pezón a través del fino sujetador satinado, se sintió tan bien que quiso gemir. Pero eso lo despertaría y, si lo hacía, ¿cómo le iba a explicar la situación?

Duncan murmuró una palabra en gaélico que sonó como una cálida brisa y ella se derritió por dentro.

–Duncan –susurró–, no creo que quieras hacer esto. Despierta, por favor.

–Estoy despierto –le subió el sujetador hasta las axilas y tocó sus pechos desnudos–. Preciosa. Preciosa.

Abby olvidó respirar y su cuerpo se derritió de placer. Él rozó las cúspides de sus pechos con los dedos y después se agachó para rozarlos con sus labios, mordiéndola con delicadeza.

Cuando ella gimió, él le quitó el suéter y el sujetador y la dejó desnuda de cintura para arriba.

–Duncan, por favor.

–¿Me estás pidiendo que pare?

Todo dependía de ella. Podía levantarse y marcharse, pero quería darle paz y alivio. Sabía que no tendría a Duncan para siempre, pero podía tenerlo esa noche. Y lo tendría.

–No –respondió intentando recobrar el aliento–. No pares.

Capítulo Seis

Dadas las circunstancias suponía que Duncan, agotado física y emocionalmente, querría ir directo al grano, pero resultó que él tenía otras ideas.

Mientras estaba tendida en la cama y consternada por no haber podido frenar esa locura, él le desabrochó los pantalones y se los quitó.

—Nunca he visto a una mujer tan hermosamente femenina, Abby Hartman. Eres un festín para mis manos y mis ojos. Quiero devorarte y no sé por dónde empezar.

—Podrías empezar ya.

Duncan se levantó lo justo para quitarse el pijama y al instante la arrastró hacia él y hundió la cara en su pelo.

—Te deseé en cuanto te vi, Abby —dijo besándole la oreja y rozándole el cuello con su cálido aliento—. Creo que no eres consciente de lo que provocas en un hombre. Eres suave, cálida y curvilínea. Las mujeres sois criaturas especiales, bellas y excepcionales.

Si alguno de los hombres norteamericanos que conocía hubiera pronunciado esas palabras, se habría reído a carcajadas, pero la voz y el acento de Duncan hacían que todo lo que decía resultara convincente.

Y entonces, cuando comenzó a hablarle en gaélico, perdió la cabeza.

–Duncan… –susurró su nombre y arqueó la espalda mientras él la besaba por la nariz, la barbilla y la garganta hasta detenerse para disfrutar de su escote.

Durante un confuso instante, se preguntó si estaría soñando. La línea entre la realidad y la ficción se había desdibujado esa noche. El cuerpo desnudo de Duncan tocaba el suyo por todas partes. Sintió la húmeda calidez de su piel, saboreó la sal de su sudor y oyó la aspereza de su respiración mientras su excitación iba en aumento y la de ella parecía correr para ponerse a su altura. A pesar de su timidez, por un momento deseó encender todas las luces y regalarse la vista con esa obra de arte que era Duncan Stewart.

Olía a hombre en el mejor de los sentidos, y ante su absoluta dominación, su feminidad se desplegó y se liberó para conseguir lo que quería y exigir lo que necesitaba.

Cuando deslizó las uñas por su espalda, Duncan se rio.

–Con cuidado, gatita. Me vas a dejar marcas. ¿Es lo que quieres?

Se sorprendió a sí misma al ser consciente de que, por mucho que marcar a un hombre pareciera un instinto primario, era lo que quería.

–Mis disculpas, señor Stewart, pero es culpa suya. Me vuelve un poco loca.

–¿Solo un poco? Tendré que esforzarme más –la besó hundiendo la lengua en los recovecos de su boca y robándole el oxígeno de los pulmones. Fue un beso que pareció durar eternamente y, a la vez, terminó demasiado pronto; dulce y cariñoso pero también enérgico y contundente.

Se situó encima de ella y le separó las piernas con las caderas sin llegar a juntar sus cuerpos. Abby lo rodeó por el cuello con los brazos mientras todo a su alrededor daba vueltas. Tanta excitación la tenía embriagada.

Duncan hundió la mano entre sus cuerpos y la acarició con delicadeza. Estaba tan resbaladiza y preparada que se sintió avergonzada. Y después, con una exclamación en gaélico, se adentró en ella.

Él sabía lo que estaba haciendo y sabía que tendría repercusiones, pero no podría haberse apartado de Abby ni aunque su vida hubiera dependido de ello. En ese momento, ella lo era todo para él. En ese momento, su vida era una tormenta de dolor y pesar y Abby le ofrecía absolución y evasión.

–¿Te estoy haciendo daño?

–No –respondió Abby jugueteando con el pelo de su nuca.

–¡Dios, qué dulce eres! Podría tenerte días en esta cama –de pronto, la realidad de lo sucedido intentó imponerse, pero logró ignorarla.

Abby giró las caderas, obligándolo a hundirse más en ella.

–No me voy a romper –susurró–. No tienes que ser tan cuidadoso conmigo.

–No quiero hacerte daño –le respondió Duncan moviéndose dentro de ella. Sabía que Abby se había quedado a dormir para reconfortarlo y acompañarlo y, aun así, la estaba tomando. ¿Qué decía eso de él como hombre?

Abby captó su angustia y le rodeó la cara con las manos.

–No pienses, Duncan. Siente nada más. Tú y yo. En esta cama. Puede que estemos soñando, ¿no? A lo mejor no viviremos otro momento así. Muéstramelo todo, testarudo escocés. Hazme volar.

Al oír eso, perdió la cabeza y su cuerpo tomó las riendas de su ser en busca de un alivio que lo destruiría tanto que ya no volvería a ser el mismo. Sentía la presión de sus pechos contra su torso. Olía el ligero aroma de su cabello y de su perfume. Sus cuerpos encajaban a la perfección. Se hundió en ella una y otra vez hasta que Abby gritó y tembló entre sus brazos. Después dejó de contenerse y gimió su nombre mientras se vertía en ella.

Cuando despertó a la mañana siguiente, la luz del sol llenaba la habitación y Abby no estaba. Le dolía la cabeza y distintos recuerdos danzaban por su cerebro en un caos perturbador. El cuerpo de su abuela en el suelo. La mirada compasiva del doctor. El cálido cuerpo desnudo de Abby en su cama.

Dios, ¿qué había hecho?

En un intento de calmar sus emociones, se dio una ducha y se afeitó. Después, se sentó y se quedó mirando al móvil mientras preparaba un discurso para su hermano y su padre. Era una noticia muy dura como para darla por teléfono, y más estando a tanta distancia.

Ahora mismo le dolía pensar en Abby. Su relación con ella, tal como estaba ahora, representaba toda la culpabilidad que sentía con respecto a su abuela. ¿Había cometido un tremendo error? ¿Era Abby el enemigo en esta situación? ¿Tendría intenciones ocultas o su compasión y su cariño eran sinceros?

Ya que desconocía la respuesta a esas preguntas, decidió ignorarlas por el momento y marcó el número de su hermano. Sería un día largo y difícil, así que más le valía empezarlo cuanto antes.

Abby se había levantado de la cama justo antes del amanecer y con cuidado de no despertarlo, aunque no tendría que haberse preocupado por eso, ya que estaba profundamente dormido y relajado. Sabía que no lo estaría por mucho tiempo, pero al menos le había dado unas horas de paz y evasión que tal vez lo ayudarían a sobrellevar los momentos tan duros que tenía por delante.

Había vuelto a su dormitorio y había dormido hasta las ocho y media. Después, se había aseado, había hablado con Lara y había ido a la cocina para comer algo.

Tras tomarse un plátano y un yogur, volvió a la habitación para llamar al trabajo y pedir unos días libres. No era buen momento, pero estaba segura de que el señor Chester lo entendería. Isobel Stewart había sido cliente suya desde hacía décadas y su familia necesitaba una atención y un cuidado especiales dadas las circunstancias.

A las diez Duncan seguía sin salir de la habitación. ¿Se habría arrepentido de lo sucedido y estaría esperando a que ella se marchara para evitar verse?

Cuando Lara llegó, tal como habían quedado, corrió a recibir a su amiga fuera de la casa para no perturbar la intimidad de Duncan.

La mañana era fresca. A esa altitud, pronto la primera helada cubriría las azaleas de blanco.

–¿Estás bien, cielo? Debe de haber sido terrible –le dijo su amiga abrazándola con fuerza.

Abby no había sido consciente de lo mal que se encontraba hasta que la preocupación de Lara la hizo derrumbarse y echarse a llorar. Cuando finalmente se calmó, dijo:

–Lo siento. No sabía que reaccionaría así. Nunca había visto a una persona muerta, Lara… Al menos, no a una que no estuviera en un féretro. Fue horrible. Pobre señora Izzy. Duncan se siente culpable por que muriera sola y yo también me siento fatal. Estaba ilusionada con mi visita.

–La mayoría de los ancianos a los que conozco verían esta clase de muerte como una bendición. Sin una larga enfermedad previa, sin pasar por un geriátrico, sin perder su independencia. La señora Izzy murió feliz. Lo tuvo todo mientras vivió y ahora está con el señor Stewart, con el amor de su vida.

–Espero que Duncan encuentre consuelo si lo ve así. Está muy mal. Ha sido todo muy repentino. Ayer estuvo trabajando con él en la oficina y habían hablado por teléfono justo antes de que fuera a recogerme. Después llegamos y estaba en el suelo…

Lara volvió a abrazarla.

–Duncan lo superará, aunque supongo que tardará tiempo.

–Quiero ayudarlo. ¿Te parece raro?

–No sé. ¿Te va a dejar hacerlo?

Buena pregunta, aunque era una pregunta que Abby no podía responder. Señaló al asiento trasero del coche.

–¿Es mi maleta?

–La he hecho a toda prisa, pero creo que tendrás suficiente para un par de días. Si crees que vas a necesitar tu coche, avísame y veré cómo te lo traigo hasta aquí.

–Eres la mejor persona que conozco, Lara. No sé por qué te haces la dura todo el tiempo.

–Eso no se lo digas a nadie, ¿me has oído?

–Entendido –Abby vaciló y después añadió–: Necesito algo más.

–Por ti, lo que sea.

–Mi padre pasó por mi casa la otra noche y no le dejé entrar. ¿Podrías pasarte de vez en cuando por casa para ver si está todo bien?

–Joder, Abby, pide una orden de alejamiento.

–La gente se enteraría y resultaría vergonzoso.

–Ya fuiste a los tribunales para ponerte el apellido de soltera de tu madre y distanciarte de él. ¿Qué pasa por dar un paso más? No deberías vivir con miedo.

–No es peligroso… creo.

–Es peligroso para tu tranquilidad y eso me basta para quererlo lejos de ti. Pero sí, me pasaré por tu casa. ¿Algo más?

A Abby se le llenaron los ojos de lágrimas.

–Gracias, Lara. Eres la mejor.

–Por supuesto que lo soy.

Su amiga se acercó al coche y sacó una cesta de pícnic.

–Mamá y yo nos hemos levantado temprano y nos hemos puesto a cocinar. Aquí tenéis pollo frito, judías verdes y maíz, y también panecillos recién hechos, manzanas asadas y tarta de nueces. Deberíais tener suficiente para dos o tres comidas si no queréis salir de casa. Llámame si necesitas algo en concreto. La gente del pueblo quiere ayudar, pero no lo conocen muy bien, así que les he prometido que yo estaría en contacto contigo.

Abby asintió. Las pequeñas comunidades como Candlewick eran conocidas por su generoso apoyo en momentos de crisis.

—Debería entrar a ver cómo está Duncan. Esta mañana aún no lo he visto.

—Seguro que ha estado toda la noche en vela después de lo de ayer. A mí me habría pasado lo mismo.

Abby se mordió el labio y contuvo las ganas de contarle la verdad.

—Gracias por todo, Lara. Luego te llamo cuando sepa algo más.

Esperó a que su amiga se marchara y metió la maleta en la casa. Después volvió para recoger la cesta y llevarla a la cocina. La madre de Lara le había escrito instrucciones muy específicas sobre cómo refrigerar y recalentar cada plato.

Al entrar, vio a Duncan allí de pie, mirando al suelo.

—Mi amiga Lara nos ha traído comida.

Él levantó la cabeza con brusquedad y se sonrojó. Le quitó la cesta de las manos, la agarró por la cintura y la sentó en la encimera.

—Abby, siento lo de anoche. No debería haber pasado y no sé cómo disculparme.

—No tienes por qué disculparte. Fueron unas horas complicadas.

Duncan le acarició una mejilla.

—Anoche me salvaste la vida y ni siquiera lo sabes, pero dejé que todo fuera demasiado lejos.

—En esa cama estábamos dos personas. Ninguno de los dos pretendió que sucediera nada anoche, Duncan.

Digamos que las circunstancias lo propiciaron. No te aprovechaste de mí. No quiero tus disculpas. Aun así, mi bufete se encargará de la validación del testamento de tu abuela, así que sería buena idea que estableciéramos algunos límites.

–Estoy de acuerdo. Cambiando de tema, no usamos protección, pero quiero que sepas que estoy sano.

–Yo también. Fue un despiste grave, pero estoy tomando la píldora por otras razones, así que no debemos preocuparnos por un posible embarazo.

–Bien.

–Sí.

Él seguía ahí de pie, situado entre sus piernas, y aunque no la estaba tocando, estaban respirando el mismo oxígeno. Le acarició el pelo.

–He hablado con mi familia.

–¿Y qué tal ha ido?

–Se han quedado impactados, claro. Y muy tristes.

–¿Y ahora qué vais a hacer?

Abby bajó de la encimera, obligándolo a apartarse, y comenzó a guardar la comida.

–No lo sé. Te dije que la abuela quería que la incineráramos, pero no tiene sentido. El abuelo está enterrado en el cementerio del pueblo y hay una fosa a su lado. Los empleados quieren presentar sus respetos en un funeral. ¿Por qué no iba a celebrar un funeral tradicional para que sus amigos pudieran despedirse?

–¿Tienes idea de por qué mencionó lo de la incineración? ¿Tenía algún significado para ella esparcir sus cenizas por la montaña?

–No lo creo. Lo único que se me ocurre es que quisiera ponernos las cosas fáciles a la familia.

–Bueno, pues a riesgo de resultar irrespetuosa, diría que lo que importa es lo que tú sientas ahora. Ella ya se ha ido, pero tú estás aquí. Si te parece que lo correcto es un funeral tradicional, entonces hazlo.

–Lo haré –dijo asintiendo lentamente–. Gracias, Abby. Son muchas las decisiones que tengo que tomar y no quiero equivocarme. Quiero honrar su memoria… la suya y la del abuelo –y antes de que ella pudiera darse cuenta, Duncan se acercó y la abrazó–. Gracias por estar aquí conmigo.

Capítulo Siete

Duncan aprovechó la muestra de gratitud como excusa para volver a tocarla. Abby tenía razón. No podían tener una aventura dadas las circunstancias, pero ¡cuánto deseaba volver a sentirla entre sus brazos!

Se limitó a acariciarle el pelo.

Los sucesos del día anterior lo habían sumido en las profundidades del dolor, pero entonces, en el último momento, le habían lanzado un salvavidas en forma de la sexy, curvilínea y amable Abby Hartman. Incluso ahora los recuerdos de la noche lo excitaban. La soltó a regañadientes.

—Tengo que ir a la funeraria a la una en punto. Esta mañana he elegido un féretro por la web y la tienda de ropa del pueblo ha enviado un traje de otoño que le habría gustado a la abuela. Quiero que lleve algo nuevo. ¿Me puedes acompañar, por favor?

—Claro. Me he pedido una semana libre. Quiero ayudarte en todo lo que pueda.

—Pero sin dormir conmigo.

—¡Por supuesto que no!

—Solo quería asegurarme —le respondió sonriendo. Aún no estaba seguro de si Abby era un ángel que había ido a salvarlo o una astuta abogada con motivos ocultos para quedarse a su lado. Quería creer que era pura e inocente, pero estaba seguro de que le ocultaba algo y eso lo tenía en alerta–. Me muero de hambre. Vamos a ver qué nos ha traído tu amiga.

Y mientras compartían una comida casera que era mejor que nada que él hubiera probado nunca, Abby le preguntó:

–¿Qué vas a hacer con la casa?

–No lo sé. Pero tanto si la vendo mañana como dentro de un año, tengo que vaciarla. A mis abuelos no les gustaba acumular cosas, pero estuvieron casados mucho tiempo, así que hay armarios y cajones llenos. Brody y Cate ayudaron a la abuela a empezar a deshacerse de cosas, pero aún falta mucho. Hace unos meses la abuela nos dio a Brody y a mí algunos recuerdos de nuestro abuelo. Por lo demás, somos chicos, así que nos dan igual las vajillas y esas cosas. Creo que lo mejor es donarlo todo y después vender la casa.

–Yo podría ayudarte. ¿Una semana será suficiente?

–Creo que tendrá que serlo.

Cuando terminaron de almorzar, recogieron la cocina en silencio.

–El funeral será mañana a las dos de la tarde. Me ha parecido lo mejor, ya que el domingo es el día en que la mayoría de la gente está libre.

–Bien pensado.

Jugueteó con un mechón de su pelo, incapaz de alejarse de ella por mucho que sabía que debía hacerlo.

–Cuando termine, iremos a Asheville a pasar la noche, a ese hotel tan bueno del que me han hablado. Disfrutaremos de una buena cena, nos relajaremos y el lunes volveremos a ocuparnos de todo esto.

Ella lo miró con los ojos como platos.

–¿Me estás pidiendo que vaya a un hotel contigo?

—Podríamos reservar dos habitaciones –aunque preferiría no hacerlo…

—Duncan, me estás confundiendo.

—Lo sé –respondió con una mueca de disgusto.

—Los funerales son agotadores. Necesitarás un descanso después.

—¿Es eso un sí? –preguntó esperanzado aun sabiendo que no tenía sentido ahondar en la relación con Abby. La única razón por la que había ido a Candlewick era su abuela y ahora esa razón se había desvanecido.

Abby no respondió; simplemente suspiró y se apoyó sobre su pecho un instante antes de apartarse tímidamente.

—Lara me ha traído una maleta. Creo que me daré una ducha y me cambiaré de ropa. Avísame cuando quieras que nos vayamos.

Ver el cuerpo de su abuela en la funeraria había resultado una experiencia mucho más desgarradora de lo que había imaginado, pero al menos Abby estuvo a su lado en todo momento.

—Era una mujer formidable. Mi abuelo y ella nos dejaron pasar varios meses con ellos cuando nuestros padres se divorciaron. Nos cuidó con cariño y nos apoyó, pero nunca nos malcrió ni mimó en exceso. Sabía que teníamos que ser duros en un mundo duro –de pronto se giró hacia Abby y le dijo–: Lo siento. Esto debe de traerte recuerdos de cuando perdiste a tu madre.

—No. Era demasiado pequeña, pero he de admitir que no me gustan nada las funerarias. A lo mejor deberíamos hacer piras funerarias como los nórdicos y poner a nuestros seres queridos en barcos en llamas y echarlos al mar.

—Eres consciente de que Candlewick está en las montañas, ¿verdad?

—Es una metáfora —respondió apoyando la cabeza en su hombro por un instante.

Él se agachó y besó a su abuela en la mejilla.

—Te quiero, abuelita. Buen viaje. Dale al abuelo un fuerte abrazo de Brody y de mi parte.

El empleado de la funeraria estaba a unos metros, esperando discretamente a que le dieran la señal para cerrar el féretro, pero Duncan no quería presenciar cómo bajaban la tapa y se dirigió al hombre con gesto de disculpa.

—Si no le importa, esperaremos fuera.

Ya en el pasillo, se sintió aturdido. No estaba preparado para todo eso. Dirigir la empresa familiar era una cosa, pero ¿qué sabía él sobre darle a su abuela la despedida que merecía? ¿Y si hacía algo mal?

Abby lo llevó hasta una silla.

—Siéntate —le dio una botella de agua—. Todo irá bien, Duncan.

—Supongo que sí —se bebió la mitad de la botella de un trago—. ¿Pero cuándo?

Cuando un rato después llegaron a casa, se sentía como si le hubieran dado una paliza y apenas recordaba haber conducido de vuelta a la montaña. A partir de ahora, volver a la casa de su abuela siempre resultaría doloroso.

Abby dejó el bolso en el vestíbulo y lo miró.

—¿Qué quieres hacer? ¿Ponerte a trabajar, echarte una siesta, ver la tele?

Lo que de verdad quería hacer era llevarla a la cama. Le temblaban las manos por la necesidad de tocarla y sentir sus cálidas curvas contra él.

–Si te apetece, podríamos subir la montaña. No he vuelto a subir desde que murió el abuelo.

–Me encanta la idea. Estuve allí una vez con un chico hace millones de años. Estábamos en el instituto y quería impresionarme, pero traspasamos una valla y acabamos entre hiedra venenosa. El resto ya te lo puedes imaginar.

Duncan se rio.

–Espero que hoy no haya incidentes.

Se cambiaron de ropa, agarraron un par de botellas de agua y se pusieron en marcha. Años atrás Geoffrey e Isobel, que eran dueños de varios cientos de acres de prístino bosque, habían construido un camino hasta la cima de la montaña. Cuando Duncan lo vendiera todo, ¿qué pasaría con esa serena naturaleza virgen?

Abby, que estaba en una forma física estupenda, llevaba unos pantalones cortos de color caqui, una camisa blanca anudada en la cintura y unas diminutas botas de montaña que la hacían parecer una sexy montañera.

Intentó no fijarse ni en sus piernas ni en el abdomen que asomaba entre los pantalones y la camisa anudada. Hacía calor y, aunque empezó con solo dos botones de la camisa desabrochados, para cuando llegaron a la cima, ya eran tres. A Duncan le gustó lo que vio, sobre todo cuando unas diminutas gotas de sudor se deslizaron entre sus pechos y casi pudo imaginarse saboreándolos.

Encontraron el ajado banco que llevaba allí toda la vida y se sentaron con la respiración entrecortada.

Frente a ellos tenían unas vistas de Candlewick que parecían sacadas de una postal.

–Había olvidado las vistas tan impresionantes que hay desde aquí arriba –dijo Abby.

Pero por muy impresionantes que fueran, la mujer que tenía al lado las eclipsaba. De pronto se sintió excitado y a la vez abrumado por un desesperante conflicto interno. Ahora, después de lo sucedido, muy pronto volvería a Escocia. ¿Sería justo aprovecharse de ella, de su compasión, su generoso corazón y su cuerpo, para sobrellevar esos malos momentos y después marcharse sin más?

Cuando Abby se levantó para sacar unas fotos con el móvil, él siguió sentado, pensativo.

–Di «patata» –le dijo ella sonriendo–. Así tendré algo con lo que recordarte.

¿Lo habría dicho a propósito para decirle que, a pesar de su abrasadora química, sabía que su relación tenía los días contados?

Abby suspiró.

–Esto no va a funcionar, ¿verdad?

–No sé a qué te refieres –mintió él.

–Estás solo, Duncan, y tienes una tarea descomunal ante ti, incluso aunque solo tuvieras que resolver el tema de la casa y no también el de la empresa. Tu hermano está recién casado y acaba de ser padre. No está en situación de ayudarte con esto y, por lo que me has dicho, tu padre es demasiado egocéntrico como para dejarlo todo y apoyar a su hijo pequeño u ocuparse él de todo.

–¿Qué intentas decir, Abby?

–Soy la única amiga que tienes ahora mismo. Me

necesitas y quiero ayudarte, pero tenemos «esto» entre los dos. Es algo incómodo. Antes de que muriera tu abuela, cuando los dos estábamos flirteando con la idea de una aventura temporal, tú ibas a residir aquí al menos durante dos años y a mí me preocupaban mi carrera y las habladurías, pero ahora te vas a marchar de Candlewick o, al menos, lo harás pronto. Mientras seamos discretos, creo que lo que hagamos o dejemos de hacer es solo asunto nuestro.

–Nunca he utilizado a una mujer para el sexo.

–¿Y si es la mujer la que te está utilizando a ti?

–¿Cómo dices?

–Vivo en un pueblo pequeño con un panorama de citas extremadamente limitado. Me gustaría disfrutar de una aventura sin preocuparme por las repercusiones cuando todo acabe. Tú eres como un delicioso postre de una pastelería con una fecha de caducidad estampada en la caja. Pronto volverás a Escocia, pero mientras tanto, podemos jugar un poco.

–¿Me estás proponiendo que sigamos con esto?

–Lo siento si he ofendido tu ego de macho alfa.

En cierto modo, lo había hecho. Él había querido ir tras ella, tener que convencerla.

–Tendré que pensármelo –dijo con un tono algo pedante.

–Bien, piénsatelo –le contestó fulminándolo con la mirada y algo sonrojada–. Vuelvo a la casa.

Y así echó a andar por el camino a velocidad vertiginosa. Duncan se había quedado tan impactado por su propuesta y por la estúpida respuesta que le había dado que tardó varios minutos en reaccionar y seguirla.

¡Esa mujer era rápida! De no ser porque a Abby se

le había enganchado el pelo en una rama y había tenido que parar un momento, no la habría alcanzado. Estaba maldiciendo y parecía estar a punto de llorar.

—Tranquila —le dijo agarrándola por detrás—. Lo estás empeorando.

Ella se quedó paralizada mientras él levantó la rama con una mano, con la otra le liberó el pelo, y después, le rodeó la cara con las manos.

—Lo siento, dulce Abby. Me has pillado por sorpresa.

—No pasa nada, he malinterpretado la situación. Me voy a casa. Avísame si necesitas ayuda para cargar cajas y llenar bolsas.

La besó en la frente.

—No te enfades.

—No me quieres a tu lado. No estoy enfadada, estoy avergonzada.

—¡No seas tonta! ¡Claro que te quiero a mi lado!

Abby lo miró atónita.

—Pues no lo ha parecido. Siempre se me olvida que a los hombres no os gustan las mujeres lanzadas. Supongo que he sobrepasado los límites. Lo siento.

—Nunca he visto a una mujer que pueda ser un ángel y al momento convertirse en una mula terca.

—Vete al infierno, Duncan. He cambiado de opinión. No me acostaría contigo ni aunque mañana desaparecieran todos los hombres de Candlewick —y clavándole un dedo en el pecho añadió—: Eres un arrogante que cree que los hombres gobernáis el mundo. Bueno, pues deje que le diga algo, señor Stewart. Puede que eso funcione en Escocia, pero aquí en Estados Unidos…

Duncan la agarró y la besó mientras ella protestaba.

Ahora que había recuperado el control de la situación, al menos de momento, decidió disfrutar y, rodeándola por la cintura con una mano, le desabrochó la camisa con la otra.

–Me encanta tu pecho, mi niña. ¿Te lo había dicho?

–Puede que lo hayas mencionado –farfulló ella.

Estaba planteándose cómo desnudar su hermoso cuerpo cuando se dio cuenta de que el sujetador tenía cierre delantero.

–Gracias a Dios –murmuró. Con un ligero movimiento, sus voluminosos pechos de cúspides rosadas le llenaron las manos–. No me digas que no te quiero a mi lado. Es la mayor estupidez que me has dicho en todo este tiempo.

–Sé que esto está mal –susurró Abby–. Es el momento equivocado, en el lugar equivocado y con el hombre y la mujer equivocados, pero no me importa.

Duncan la levantó en brazos y la llevó a la casa respirando entrecortadamente, pero no por el esfuerzo, sino por el urgente deseo de ponerle fin a ese tira y afloja.

–Se acabaron las discusiones. Queremos lo mismo, y si queremos que sea nuestro secreto, estamos en nuestro derecho. Los pueblos pequeños son iguales en todo el mundo. Los cotilleos son la chispa de la vida. No permitiré que te sientas avergonzada cuando me vaya.

–De acuerdo.

–Mete la mano en mi bolsillo y saca la llave.

Cuando Abby se rio, a él le recorrió un intenso calor.

–Lo he dicho en serio. No quiero bajarte al suelo por si sales corriendo.

Abby le dio la llave y entraron en la casa.

—¿Y ahora qué? —le preguntó mirándolo fijamente.

Ese día los ojos gris humo de Abby parecían más oscuros… llenos de secretos.

—Tengo una ducha estupenda en mi habitación. ¿Por qué no vamos a ver si cabemos los dos?

Capítulo Ocho

Abby no sabía qué era peor, si romper un montón de códigos éticos o aprovecharse de un hombre que pasaba por uno de los peores momentos de su vida. Y lo que más le asustaba era que en realidad no le importaba. Una parte de su personalidad que parecía haber estado dormida hasta ahora se había hecho con el control de su parte más cauta y había decidido que ese sería el año en el que Abby Hartman tendría una salvaje y magnífica aventura.

Duncan no había bromeado al hablar del cuarto de baño. Era enorme, de mármol y cristal y tenía muchos espejos. Demasiados.

Nerviosa, decidió concentrarse en cosas importantes como, por ejemplo, ver a su amante escocés desnudarse con rápidos movimientos elegantes y a la vez profundamente masculinos. Estaba claro que su trabajo en Escocia no se limitaba a estar en una oficina y tenía un ligero y, en aparienia, permanente bronceado, excepto alrededor de las caderas y la parte alta de los muslos. El vello de su musculoso cuerpo también estaba aclarado por el sol.

Su erección rozaba su vientre, larga, gruesa y dura, y ella de pronto sintió como si no hubiera oxígeno en el cuarto de baño. Se quedó paralizada.

–No te pongas tímida conmigo, Abby –le dijo Duncan sonriendo–. Me ha gustado esa mujer guerrera que he visto en la montaña.

Ella se agachó para desatarse las botas.

–No soy tímida –murmuró.

–Quítate la ropa –le dijo Duncan mirándola fijamente. Tenía las mejillas encendidas–. Quiero verte.

–Nadie te lo impide –le respondió mientras se quitaba la camisa y el sujetador, que él le había desabrochado antes. Echando los hombros atrás y con la barbilla bien alta, le dejó mirar. Y cuando lo vio tragar saliva con dificultad, supo que no estaba tan relajado como aparentaba.

–Y ahora el resto –añadió Duncan con la voz entrecortada.

Los pantalones cortos tenían cremallera; una cremallera que se podía bajar muy lentamente mientras un hombre miraba.

Nunca se había sentido tan desnuda y tan vulnerable, y una parte de ella le gritaba que se cubriera con las manos. Pero, por otro lado, nunca había estado tan excitada.

Duncan asintió lentamente. Se giró, abrió el grifo de la ducha y ajustó la temperatura comprobándola con la mano.

–¿Te puedes mojar el pelo?

–Contaba con que me lo lavaras.

La erección de Duncan palpitó visiblemente, como si sus palabras hubieran sido una caricia.

–Podría hacerlo. Ven aquí, Abby.

Solo eran cinco pasos, pero le parecieron eternos porque sentía como si todo se estuviera desarrollando a cámara lenta.

Él le puso las manos en las caderas y le bajó la ropa interior. Y cuando se arrodilló y le tocó el tobillo, ella levantó los pies automáticamente, temerosa de lo que podía hacer a continuación y temerosa a la vez de que no lo hiciera.

Sin embargo, no pasó nada. Duncan se levantó, la metió en la ducha y cerró la puerta de cristal. El agua estaba caliente, pero no tanto como para sumirlos en una nube de vapor. Agarró un bote de champú y se lo echó en las manos.

–Date la vuelta.

En ese momento Abby podría haberse derretido como cera caliente y haberse colado por el sumidero. Que Duncan le masajeara el cuero cabelludo y el cuello fue una de las experiencias más eróticas y placenteras de su vida. Lo sentía tras ella y echó la cabeza hacia atrás, hacia su torso.

–Olvídate del sexo. Esto es increíble.

Riéndose, él la giró hacia él y le aclaró el pelo.

–Espero que estés bromeando –le secó la cara con una toalla–. Ahora parece como si tuvieras dieciséis años. Nunca me había fijado en que tienes pecas –le tocó la nariz–. Son diminutas y muy monas. Igual que tú.

–Estaba hecha un desastre cuando tenía dieciséis años. Acné, corrector dental, nada de seguridad en mí misma. No fue mi mejor momento.

El agua caía sobre los anchos hombros de Duncan. Quería tocarlo, pero a pesar de su directa propuesta en la montaña, ahora, en esa situación tan íntima, se sentía perdida e insegura.

–Tócame, por favor –le dijo Duncan con los ojos brillantes de deseo.

¿Cómo podía negarse? ¿Cómo podía dejar que el valor femenino y el atrevimiento que había mostrado antes se quedaran solo en palabras y no en hechos?

Sin decir nada, agarró una pastilla de jabón y una manopla. Cuando el tejido estuvo mojado a su gusto, frotó el jabón, lo soltó y envolvió la dura erección de Duncan en la tela de la manopla.

A él se le cortó la respiración y cerró los puños y los ojos con fuerza. Con delicadeza y despacio, Abby lo enjabonó. Primero su sexo, después el torso y el cuello, y finalmente la espalda.

El cuerpo de Duncan estaba rígido. Ninguno se había lavado a fondo, pero habían estado bajo el agua lo suficiente para quitarse de encima el sudor y la suciedad del paseo por la montaña.

Cuando lo soltó, él se quedó donde estaba, aún con los ojos cerrados, y ella aprovechó para lavarse rápidamente sus partes más íntimas. Había pasado una noche con Duncan, pero aún no se sentía lo suficientemente cómoda con él como para dejar que la lavara de un modo que provocaría que sucediera algo más de lo que estaba dispuesta a que pasara.

Antes de que él pudiera detenerla, abrió la puerta de cristal.

–Ya estoy limpia. Iré a secarme el pelo mientras tú terminas.

Y para mayor seguridad, ni siquiera se quedó en el cuarto de baño de Duncan, sino que corrió al suyo y se dispuso a desempeñar la ardua tarea de domar su cabello rizado.

Después, algo decepcionada en el fondo porque Duncan no la hubiera seguido, sacó de la maleta su bata de seda, se la puso y volvió corriendo al baño para echarse su perfume favorito. Salió a la habitación y se quedó allí de pie, nerviosa y mordiéndose una uña mientras pensaba en todas las razones por las que no debería acostarse con Duncan Stewart. Sin él a su lado era más fácil pensar con sensatez, pero, por otro lado, ya estaba harta de ser sensata.

Y justo cuando iba a salir a buscarlo, él entró en la habitación golpeándole los dedos de los pies con la puerta al abrirla.

–¡Lo siento! –la levantó en brazos y la llevó de vuelta a su dormitorio–. Si no hubieras sido tan cobarde, ahora estaríamos en la cama y esto no habría pasado.

–No soy cobarde. Necesitaba secarme el pelo.

–Tengo un secador en mi habitación. Sé sincera. En la ducha te ha entrado el miedo.

Su pecho resultaba cálido bajo su mejilla.

–Tal vez un poco, pero eso no significa que no te desee.

–Me alegro –dijo con ese atractivo acento y mirándola con una sonrisa que hizo que se le encogieran los dedos de los pies. La dejó sobre el colchón–. No te muevas, voy a por algo para curarte.

Ella levantó el pie para no manchar de sangre la bonita colcha.

–Es más un arañazo que un corte.

Duncan volvió, se sentó en la cama y le puso la pierna sobre su regazo.

–Déjame echar un vistazo –limpió la sangre con una gasa mojada en alcohol–. Creo que bastará con dos tiritas.

–¡Ay, eso escuece!

–No seas quejica y estate quieta –le aplicó una pomada antibiótica en los dos dedos y les puso la tirita–. Hecho. ¿Te duele algún otro sitio?

Abby se echó atrás y se apoyó en los codos, pero el gesto hizo que se le abriera la bata.

–No me iría mal un beso en los labios –le susurró–. Se me han quedado dormidos al ver a un hombre guapísimo desnudo hace un rato.

Duncan posó la mirada en sus pechos y se le dilataron las pupilas.

–Entiendo –despacio, como si tuviera todo el tiempo del mundo, se quitó la toalla, apartó la colcha y metió a Abby entre las sábanas con él.

Rodaron juntos en una deliciosa maraña de brazos, piernas y respiraciones entrecortadas.

–Duncan, ¿hay alguna mujer en Skye para la que supusiera un problema lo que está pasando entre nosotros?

Él, que estaba a punto de besarla, se detuvo en seco.

–No. Y si hubiera habido alguien allí, yo habría puesto fin a esa relación antes de venir. No habría sido justo pedirle a una chica que me esperara, cuando yo sabía que pasaría aquí un tiempo.

–Supongo que sí.

–¿Siempre hablas tanto durante el sexo? –le preguntó sonriendo para mostrarle que bromeaba.

–Si me hubieras besado ya, no habría podido hablar, ¿no?

Duncan estaba absolutamente encaprichado de su mordaz y aguda Abby y ahora que la tenía desnuda otra vez, quería dejar la conversación para otro momento.

Le levantó la barbilla y capturó su boca, mordisqueándole el labio inferior con delicadeza. Sabía a miel y a mujer y se tomó su tiempo para saborearla. ¿Cuándo el mero hecho de besar a una mujer había hecho que todo el cuerpo le doliera de deseo?

En un principio no le había importado que se dejara puesta la bata, pero ahora quería librarse de ella para poder saborear y tocar sus preciosos y exuberantes pechos. Jugueteó con ellos con los dedos, la lengua y los dientes. Sus pezones eran como tersas y respingonas frambuesas, y sus curvas, como un parque de juegos para un hombre, cálidas y sensibles a su tacto.

Pero más placeres aguardaban.

Antes de que Abby pudiera protestar, le quitó el cinturón de la bata y le ató las muñecas al cabecero de la cama. Ella abrió los ojos de par en par.

−¿Qué estás haciendo, Duncan?

−Quiero jugar, pero puedes pararme cuando quieras, ¿entendido? −le dijo mirándola fijamente a los ojos para dejarle claro que, a pesar del deseo que lo invadía, la mantendría a salvo.

Y lo que fuera que ella vio en sus ojos debió de reconfortarla, porque respondió:

−Entendido. Tú mandas.

Pronunció esas palabras deliberadamente porque en ningún momento de su relación ella había jugado un papel sumiso. Era una mujer formada e inteligente que sabía que estaba a la altura de cualquier hombre y que con ese pícaro comentario había querido decirle que estaba dispuesta a seguirle el juego.

Sin embargo, oír esas palabras en ese contexto sexual hizo que Duncan perdiera el control que había estado teniendo. Abby estaba desnuda en su cama y no la dejaría escapar.

Se deslizó hacia abajo sobre el colchón y le separó las piernas. El aroma de su femenina y húmeda piel entremezclado con el gel de ducha le llenó los pulmones mientras le acariciaba la ingle.

—A veces a los hombres les gusta tomarse el postre antes de la cena.

Abby gritó cuando le sujetó las piernas y la saboreó íntimamente, y ver sus húmedos pliegues preparados para él aumentó aún más su excitación. Duncan deslizó la lengua sobre su sexo, despacio, rozando su punto más sensible, y después le mordió el muslo interno cuando ella llegó al clímax.

—¡Desátame!

—¿Quieres que pare? —le preguntó con la mejilla apoyada en su tembloroso muslo.

—No, Duncan. No pares.

La hizo llegar al orgasmo dos veces más y después le dejó recobrar el aliento. Mientras tanto, le mordisqueó los dedos de los pies y fue ascendiendo sobre su cuerpo para al instante volver a descender hasta sus rincones más femeninos.

Abby intentó juntar las piernas, pero él le agarró los tobillos con fuerza.

—Has dicho que yo mando y sé muy bien lo que quieres. Es lo mismo que quiero yo. ¿Tengo que atarte también los pies para que te comportes?

—No. No lo hagas. Me comportaré. Te lo prometo.

—Excelente —el diálogo sumiso que Abby estaba fingiendo lo excitó aún más.

De pronto se levantó y ella lo miró alarmada.

–¿Por qué te marchas?

–No tengas miedo, dulce Abby. Cierra los ojos y descansa.

–¡Ni lo sueñes!

Se ausentó menos de dos minutos, y cuando volvió, Abby tenía los ojos cerrados pero su cuerpo estaba tenso. Le acarició el pelo.

–Lo próximo será más sencillo si no ves lo que estoy haciendo.

Abby comenzó a protestar, pero los nudos de las muñecas le impedían levantarse de ahí. Su bata estaba hecha de una tela fina casi transparente y él, con mucha maña, se la colocó sobre la cara con cuidado de no taparle la nariz.

–¿Está oscuro ahí dentro?

Ella asintió lentamente.

–¿Quieres que pare?

Le había dado múltiples orgasmos y le molestaba la erección, pero aún no había terminado con Abby Hartman y esperaba impaciente su respuesta.

–No. No quiero que pares.

–Buena chica –respondió. Sus palabras sonaron envueltas en excitación pero también en el afecto que sentía por esa mujer que le había dado tanto en tan poco tiempo–. Te juro que no te arrepentirás.

Capítulo Nueve

Sin ser consciente, Abby había desatado a un monstruo. Duncan Stewart era el hombre más sexualmente desinhibido que había conocido nunca, y cuando se lo dijo, él respondió diciendo:

–No soy yo, eres tú. Me ha corrompido una malvada sirena norteamericana.

Como tenía los ojos tapados, no podía verle la cara, pero sí pudo oír la satisfacción en su voz. Después notó que había vuelto a salir de la habitación y al instante oyó el agua correr y el sonido de unos cajones abriéndose y cerrándose en el baño.

Cuando por fin sintió el colchón hundirse a su lado, tiró de sus ataduras para soltarse.

–Paciencia, mi pequeña Venus –dijo Duncan riéndose–. No te haré esperar mucho.

Tenía la piel de gallina y le latía el corazón tan fuerte que apenas podía respirar. La espera estaba resultando insoportable.

Duncan le acarició el pelo.

–¿Por qué estás tan tensa, dulce Abby?

–Ya sabes por qué. Me estás torturando deliberadamente.

–¿Quieres que pare?

A pesar de los recientes orgasmos, su cuerpo anhelaba las caricias de Duncan.

–¡Hazlo! Haz lo que sea que vayas a hacer.

Cuando Duncan le tocó la cadera, ella se sobresaltó.

–Pobre Abby, te estás imaginando lo peor, ¿verdad?

–A lo mejor es porque no te conozco en realidad –era un hecho, y esa verdad debería haberla inquietado más.

–Yo diría que me conoces lo suficiente, tan bien como yo a ti. Hemos visto algo el uno en el otro, algo que nadie más ve, y sentimos curiosidad.

Ella se humedeció los labios. Duncan tenía razón.

–Confío en ti, pero no sé por qué.

–Las conexiones místicas desafían a la razón. La vida nos ofrece regalos a veces, incluso cuando menos lo esperamos.

Deslizó un dedo desde su barbilla hasta su ombligo pasando por su cuello y sus pechos.

–Quiero devorarte, Abby. Nunca he sentido tanto deseo por nadie.

Esas palabras la encendieron por dentro. Quería aferrarse a él y obligarlo a que la tomara, pero se había comprometido a jugar a ese juego, así que respiró hondo y se preparó para lo que tuviera que suceder.

–Soy toda tuya.

Se hizo el silencio por un momento y después él volvió a susurrar algo en gaélico y le acarició un pecho, aunque ella sentía algo más, una sensación añadida.

–¿Duncan?

–Relájate. Solo es miel –pasó al otro pecho–. Ya te he dicho que a veces a los hombres nos gusta tomarnos el postre primero. Cuando estábamos en la montaña he visto un colibrí que me ha hecho pensar en néctar y eso me ha hecho pensar en ti. Ríndete a mí, dulce Abby, mientras disfruto de mi postre.

Y entonces comenzó a lamerle los pechos. Sentir su insistente lengua contra su piel la hizo gemir y gritar su nombre una y otra vez.

No veía y apenas podía moverse. Lo único que podía hacer era arquearse y alzarse hacia él mientras con su ardiente aliento rozaba su húmeda piel y saboreaba sus pezones cubiertos de miel.

Cuando logró hablar, le suplicó:

—Quiero tocarte, Duncan. Por favor. Basta de juegos.

Él se detuvo al instante, le soltó las manos y le apartó la bata de la cara.

Se miraron. Duncan estaba sonrojado, como si pensara que iba a regañarlo.

Ella levantó los brazos y le rodeó la cara con las manos.

—Eres un hombre muy muy malo —le susurró mirándolo a sus preciosos ojos y con un nudo en la garganta producido por emociones nuevas y aterradoras—. Y aun a riesgo de alimentar tu ya de por sí considerable ego, he de decirte que me alegro mucho de que fueras a mi despacho aquel día. Ahora te considero mío, al menos mientras estés en suelo norteamericano.

Él esbozó una media sonrisa.

—Lo mismo digo. Calentarás mi cama, no la de nadie más.

—¿Necesitamos redactar un contrato legal? —bromeó ella después de besarlo con ternura.

—No, no lo creo. Somos sinceros el uno con el otro y eso es lo que importa.

Abby vaciló un instante al oírle decir eso, pero después pensó que sabía de ella todo lo importante.

–Estoy de acuerdo.

Duncan se apartó un momento para ponerse un preservativo y volvió a la cama.

–No puedo esperar más, Abby. Me voy a volver loco si no te tengo ya mismo.

–Pues yo no puedo cargar con eso en mi conciencia –y como no quería que Duncan viera sus inseguridades con respecto al sexo, le dejó tomar las riendas. Estaba claro que era todo un experto.

Se movió entre sus piernas, las separó con sus poderosas caderas y con una mano guio su erección hasta su sexo ya preparado para hundirse en ella, profundamente.

–Mírame, no cierres los ojos.

Ella lo miró fijamente sin decir nada pero temerosa de que percibiera que estaba empezando a sentir algo por él. Aunque no podía ser amor. No. El amor llegaba con el tiempo.

–Eres una maravilla, Abby Hartman. Una mujer mágica –se movió desesperadamente dentro de ella y la llenó, arrastrándola en su clímax.

Después, se dejó caer sobre su cuerpo.

–No puedo sentir las piernas. ¿Crees que es normal?

Ella sonrió mientras le acariciaba el pelo.

–Creo que ya hemos ido más allá de lo normal, pero no te preocupes, Duncan. Aquí me tienes, para lo que necesites.

***

A Duncan lo invadió el agotamiento como una seductora marea, pero no podía sucumbir a él, había demasiado por hacer. Pronto tendría tiempo para entregarse por completo a Abby, pero primero debía ejercer su deber de nieto.

Era consciente de que se encontraba en una situación peligrosa. Estar con Abby le anestesiaba, le ayudaba a olvidar durante unos dulces momentos el peso del dolor y de la obligación.

—Deberíamos comer algo.

—Sí.

Riéndose, salieron de la cama.

—Ponte una de mis camisas, pero te quiero desnuda debajo —buscó en el armario y le dio una de un tono azul marino que haría un contraste perfecto con su pelo.

—¿Tengo permiso para ir a mi cuarto de baño, señor?

—Sí, pero solo porque si te vuelvo a meter en mi ducha tendremos problemas.

—Eres un hombre inteligente.

Él se aseó y se puso unos vaqueros viejos y una camisa de franela. Descalzo, salió al pasillo y la esperó.

—¿Has seguido las normas? —le preguntó cuando ella salió de su habitación. La camisa le llegaba justo por encima de las rodillas. La miró fijamente y le acarició las nalgas—. Buena chica.

—Voy a tener frío.

—Subiré la calefacción.

Fueron a la cocina de la mano. La amiga de Abby les había llevado tanta comida que pudieron comer otra vez y aún les sobró algo.

—Siempre he oído hablar de la cocina sureña y está claro que es cierto. Esto está increíble.

–No todo el mundo cocina tan bien. Yo no lo hago mal, pero no me puedo comparar con Lara, aunque he aprendido algunos trucos a lo largo de los años.

–A lo mejor luego podrías enseñarme alguno de esos trucos –le dijo él robándole un beso con sabor a canela y manzana.

–Me refería a la comida, no al sexo.

–Podríamos improvisar.

–¡Para! No puedo hablar de eso en la mesa de la cocina.

–¿Entonces volvemos a la habitación?

–Duncan Stewart, compórtate. Tenemos que ser sensatos.

–De acuerdo –Duncan se levantó suspirando y comenzó a recoger la cocina.

Una vez la cocina quedó impoluta, ella esbozó una mueca de disgusto y le dijo mientras le tocaba un hombro:

–Tengo que ir a mi casa para cambiarme para el funeral. Lara me ha hecho muy bien la maleta, pero no sabía qué traerme para algo así. Si no te importa, me llevo tu coche. No tardaré mucho.

La idea de que lo dejara solo en esa casa enorme hizo que le diera un vuelco el estómago.

–¿Y si voy contigo? ¿Te parece bien? Me gustaría ver dónde vives.

–Claro que me parece bien. Pensé que tendrías algo que hacer aquí.

–Tengo que despejarme la cabeza. Me vendrá bien salir.

***

Pasar por delante de Propiedades Stewart de camino a casa de Abby le produjo emociones encontradas. Culpabilidad. Orgullo. Consternación. Tenía que vender la empresa de tal modo que nadie perdiera su empleo. ¿Era posible?

Al aparcar frente al bonito bungaló, sonrió.

—Esta casa se parece a ti. Es perfecta.

Entraron y Abby lo llevó al salón.

—Siéntete como en tu casa. No tardaré mucho.

Él la abrazó y la besó en la frente.

—Mañana por la noche después del funeral, ¿vendrás conmigo a Asheville?

—¿No deberíamos empezar a vaciar la casa de tu abuela? Es mucho trabajo, Duncan.

—Lo entiendo y por eso primero nos tomaremos un descanso para coger fuerzas después del funeral. ¿Me acompañarás, por favor?

—Por supuesto.

—Llévate un vestido largo de colores alegres. La abuela querría que la honrara viviendo la vida al máximo. Nos tomaremos una copa de champán en su memoria.

Abby lo abrazó.

—Me parece una idea estupenda. Dame veinte minutos.

Cuando desapareció por el pasillo, él se puso a curiosear por la casa. Era pequeña y acogedora. Los suelos de madera resplandecían y olía a limpiador de limón. El mobiliario era moderno y funcional, pero no caro. No había fotos por ningún sitio... Qué curioso.

La perfecta casa de Abby era cálida pero no revelaba mucho sobre ella. Lo único que pudo averiguar durante el breve rato que estuvo solo fue que le gustaban las novelas románticas de suspense y que aún guardaba algunos libros de Derecho de la facultad. Estaba hojeándolos justo cuando ella volvió con una bolsa portatrajes.

–Lista.

–Tienes una casa encantadora.

–Gracias. El día que firmé la hipoteca fue uno de los más felices de mi vida. Trabajé mucho para poder vivir sin ayuda de nadie.

–Le das mucha importancia a tu independencia.

–¿Eso es una crítica?

–En absoluto. Debiste de madurar muy pronto.

–A veces las circunstancias te obligan a ello.

Quiso preguntarle más al respecto, pero entonces Abby miró por la ventana y dijo:

–Ven a la cocina, deprisa.

–¿Qué pasa? –él la siguió corriendo sin entender qué le pasaba.

De pronto sonó el timbre y Abby palideció.

–No voy a abrir. Se irá.

–¿Quién?

–Mi padre. No nos llevamos bien.

A Duncan se le encogió el estómago al verla tan tensa y disgustada.

–Si quieres, puedo salir y decirle que se largue…

Ella lo miró horrorizada.

–Ni hablar. Solo tenemos que esperar un minuto. Al final se cansará y se irá.

–Pero tienes el coche aparcado fuera.

Abby se estremeció. Había olvidado ese detalle.

–Suelo salir con mis amigas. A lo mejor piensa que alguien ha venido a recogerme.

Capítulo Diez

Abby tenía ganas de llorar. Tal vez Lara tenía razón y debía pedir una orden de alejamiento.

Todo el mundo en Candlewick conocía la historia de su familia, no era algo de lo que pudiera huir, pero bajo ningún concepto quería que Duncan se cruzara con el hombre que le había amargado la vida.

Tal vez la familia de Duncan no era perfecta, pero al menos no eran unos criminales. Su padre no sabía lo que eran el honor ni la autosuficiencia. Había pasado gran parte de su vida eludiendo la ley y era una vergüenza para ella.

Echó un vistazo rápido por la ventana y se alegró al ver que el coche destartalado de su padre se alejaba por la calle. ¡Menos mal!

Intentando esbozar una sonrisa, que sintió como una máscara de payaso tensándosele sobre la cara, se giró hacia Duncan, incapaz de mirarlo a los ojos.

—Ya nos podemos ir.

Él le agarró una mano. Sus masculinos dedos eran cálidos y fuertes; los de ella, fríos y temblorosos.

—No me gusta verte así, Abby. Estás haciendo mucho por mí y quiero agradecértelo. Háblame de él.

—No hay mucho que contar… y no hay nada que ni tú ni nadie podáis hacer. Espero que nunca os encontréis. Créeme.

Duncan la abrazó y su dulce consuelo resultó inmensamente maravilloso. Quería llorar como una niña pequeña, pero si se dejaba llevar se derrumbaría y no podría soportar esa humillación.

Poco a poco dejó de temblar y volvió a respirar con normalidad. Se apartó y se frotó la cara.

—Siento haberme puesto así.

Él la abrazó de nuevo.

—Puedes confiar en mí y espero que lo sepas.

Sería maravilloso poder compartir con Duncan todas sus preocupaciones y su dolor y saber que alguien intercedería por ella, pero no quería que conociera sus orígenes, no quería que los engaños de su padre la deshonraran ante él. Duncan decía que no le gustaban los secretos, pero era mejor que la verdad sobre su familia no saliera a la luz.

Además, la relación que tenían era temporal y no había necesidad de que se implicara emocionalmente con ella cuando nunca serían más que dos personas divirtiéndose entre las sábanas.

—Lo sé y sí que confío en ti. Tal vez un día, cuando estés en Escocia y yo solo sea un recuerdo lejano, te escribiré una carta contándote todo sobre mi padre. Y después, cuando la hayas leído, la puedes echar al fuego.

—¿Y cómo te ayuda eso ahora?

—Estar contigo me hace feliz.

—Me alegro mucho, pero eso no responde a mi pregunta.

—Vamos a la montaña. Ya tienes demasiada tristeza en tu vida ahora mismo como para que también te preocupe la mía.

En las horas que siguieron, hizo un gran esfuerzo por ignorar el estado de ansiedad que la invadía siempre que pasaba algo con su padre. Duncan la necesitaba, así que sus problemas podían y debían esperar.

Él estaba hablando con su familia por teléfono mientras ella decidía cuál de los vestidos que se había llevado sería más apropiado para el funeral. Cuando terminó, fue a buscarlo y lo encontró en el estudio escuchando música clásica. La sonata de Beethoven que sonaba era lúgubre y casi resultaba doloroso oírla dadas las circunstancias. Duncan levantó la mirada al oírla entrar. Parecía muy angustiado. Estaba claro que estaba usando los encuentros sexuales para evitar pensar en lo que había sucedido en su vida. Ella probablemente habría hecho lo mismo en su situación, aunque sabía muy bien que ignorar la culpabilidad y el dolor solo era una solución temporal.

Lo besó con suavidad en la cabeza y después se sentó frente a él.

–¿Has vuelto a hablar con Brody?

–Sí. Me ha llamado para saber si estoy bien.

–¿Y lo estás?

–Quiero que el funeral vaya bien. Necesito saber que he honrado la memoria de mi abuela como es debido. Aquí las cosas son distintas, las costumbres, las expectativas.

–Has hecho todo lo que has podido, Duncan. Ya verás como mañana todo el pueblo acudirá en masa a presentar sus respetos y a saludarte. Yo haré lo que quieras, puedo mantener las distancias o puedo estar a tu lado y presentarte a la gente que conozco.

–Me gustaría tener tu ayuda.

–¿Tu hermano se está replanteando su decisión de no venir?

–No –Duncan se levantó, se acercó a la chimenea y, con el brazo apoyado en la repisa, se quedó mirando al fuego–. Cate y él quieren que vuelva a Escocia en cuanto termine el funeral. Brody ha sugerido que pongamos a uno de los gerentes de más antigüedad a cargo de la oficina y después, en un par de meses, cuando el bebé sea algo más mayor y Brody pueda dejar solucionados algunos asuntos del trabajo, los tres vendrán conmigo y nos quedaremos aquí cerca de dos meses para vender la casa y liquidar la empresa.

–Ya –dijo Abby. Se le había caído el alma a los pies.

–Sería más fácil así que teniendo que hacerlo todo yo solo, y tal vez tiene sentido que hagamos las cosas despacio, porque hay que tomar muchas decisiones.

–¿Y eso es lo que quieres tú? –apenas podía hablar, tenía un nudo en la garganta. No se había querido hacer ilusiones sobre la duración de su relación con Duncan, pero desde luego no había esperado que fuera a terminar tan pronto.

El lenguaje corporal de Duncan era muestra de su desasosiego mental. No dejaba de moverse de un lado para otro de la habitación, pero de pronto se detuvo y apagó la radio.

–No sé qué quiero. Cuando pensé que venir aquí sería como una condena, me sentí atrapado, y ahora que de pronto soy libre, me siento triste. Mis abuelos pasaron su vida levantando el negocio y esta casa. ¿Quién soy yo para echarlo todo a perder?

—La señora Izzy no habría querido que te vieras obligado a quedarte aquí.

Él se pasó las manos por el pelo. Estaba pálido.

—Eso no lo sabemos. Tal vez esperaba que me implicara emocionalmente en el negocio y que lo mantuviera dentro de la familia.

—Aun así, no importa, Duncan. Ella vivió una vida plena y maravillosa e hizo realidad sus sueños. A ti no te ata nada, ni legal ni emocionalmente. No hay nada inmoral en venderlo todo y volver a Escocia.

—¿Intentas ayudarme y decirme lo que quiero oír o quieres animarme a hacerlo por el bien de tu comprador y de tu bufete, que han estado esperando este momento como buitres?

El repentino ataque la pilló desprevenida. Y le dolió. Mucho.

—Voy a fingir que no has dicho eso —dijo a punto de llorar—. Buenas noches, Duncan. Hasta mañana.

Casi había salido de la habitación cuando él la agarró del brazo.

—Lo siento, joder. No debería haber dicho eso —le rodeó la cara con sus cálidas y grandes manos y la miró a los ojos—. No llores, mi niña. No lo puedo soportar. Soy un bestia, lo sé. No te vayas, eres mi único salvavidas en esta tormenta.

Aunque hizo todo lo que pudo por compensar su espantoso comportamiento, Duncan sabía que le había hecho mucho daño a Abby. Ella fingió que su disculpa había bastado para solucionar las cosas, pero había tensión en el ambiente. Antes había dado por hecho que pasaría la noche en su cama, pero ahora ya no estaba tan seguro.

Vieron una película juntos y a las once ella se marchó diciendo que estaba muy cansada. Él quiso seguirla, pero entre ellos se había abierto una brecha y no había duda de que había sido culpa suya.

Quería que el tiempo pasara volando. Quería que el funeral hubiera terminado ya. Quería estar solo con Abby en un romántico hotel. Pero aún le quedaban por delante varias horas oscuras y solitarias.

Cuando tuvo claro que Abby no había cambiado de opinión y no dormirían juntos, se dio una ducha y se metió en la cama. Y en cuanto apagó la luz, todas sus dudas y preocupaciones se triplicaron.

Tal vez Brody tenía razón y Escocia era su hogar. Tal vez un par de meses allí bastarían para recuperarse y prepararse para la enorme tarea de desmantelar el legado de sus abuelos.

A las dos de la madrugada seguía sin poder dormir y vagó por la silenciosa casa. Saber que tenía cerca a Abby pero que estaba fuera de su alcance le hacía retorcerse de pena y pesar. ¿Y qué pasaba con el plan de escapar al día siguiente tras el funeral? ¿También lo habría echado a perder?

Tal vez le había hablado así porque en el fondo aún desconfiaba de sus intenciones. No sería el primer hombre manipulado mediante el sexo. Abby era ambiciosa, y eso no tenía nada de malo. Trabajaba mucho y tenía un futuro brillante por delante en el bufete. Cerrar la venta de Propiedades Stewart para su jefe supondría todo un éxito para ella. ¿Por eso no se separaba de él, del heredero de Isobel? Ojalá supiera la verdad.

Su cuerpo estaba exhausto, pero su cerebro funcionaba a mil por hora. Tenía mucho en lo que pensar.

Un poco después de las tres, volvió a su habitación y se metió en la cama. Y aunque ahora sí que se durmió, tuvo un sueño muy agitado.

Cuando la alarma sonó a las ocho, ya estaba bien despierto, a pesar de que su cuerpo aún necesitaba dormir. Tenía que hacer algo con lo que entretenerse hasta la hora del funeral; tal vez podía empezar a vaciar el despacho de su abuelo.

Al vestirse y bajar a la cocina vio que Abby había preparado café. Se sirvió una taza, le añadió un poco de leche y fue a buscar a su invitada. La encontró en el porche, sentada en un banco de madera disfrutando de la fría mañana.

Ella le sonrió.

–¿Has dormido?

–No tan bien como lo habría hecho si hubieras estado en mi cama.

Abby lo miró fijamente y después dio un sorbo a su café. Finalmente suspiró y dijo:

–Creo que puede que tu hermano tenga razón. He estado mirando vuelos y podrías estar en casa mañana.

–¿Estás intentando librarte de mí?

–Si quieres llamarlo así, sí. Necesitas tiempo, Duncan. Haber perdido a Isobel de un modo tan repentino ha sido un impacto terrible y no sabes lo que quieres. La culpabilidad y la pena te están nublando el juicio.

–¿Así que ahora eres psiquiatra además de abogada?

–Solo intento ayudar.

–Si quisieras ayudarme, ahora mismo estarías desnuda.

–Creo que estás usando el sexo para eludir tus problemas –dijo sonrojada.

–¿Y qué tiene eso de malo? –le contestó medio en serio medio en broma.

Cuando Abby soltó su taza, se levantó y se estiró, y a él se le ocurrieron unas cuantas ideas al ver un atisbo de la suave piel de su abdomen.

–¿Por qué no me enseñas las otras habitaciones de invitados? Me gustaría saber en qué me voy a meter si finalmente te ayudo.

Estaba claro que no estaba preparada para perdonarlo todavía. Al menos, no lo suficiente para volver a meterse en la cama con él. Y no le importaba. Podía esperar. Tal vez…

–Si quieres agobiarte y deprimirte incluso antes de que lleguemos al funeral, de acuerdo. Vamos –la condujo hasta una de las tres habitaciones de invitados–. Empezaremos por esta. Hay que deshacerse de todo –abrió un armario–. Mira esto. Tenemos décadas de ropa colgando aquí. Hay cosas tan viejas que puede que incluso se estén pudriendo.

–¿Quieres venderlas a una tienda de artículos *vintage*?

–No. Todo lo que no valga la pena irá a la basura si es necesario.

Abby asintió mientras ojeaba entre las perchas.

–Pero he de decir que la gente mayor tiende a guardar cosas por todas partes. Buscar algo de valor en bolsillos, cajones y otros sitios lo ralentizará todo.

–Supongo.

No podía centrarse teniendo a Abby delante. Estaba a punto de rendirse ante sus impulsos. Le levantó un mechón de pelo y lo acarició entre sus dedos.

–Agradezco tus esfuerzos, Abby, pero no voy a volver a Escocia esta noche. Me prometiste venir conmigo y celebrar la vida de mi abuela.

–Para eso está el funeral –le contestó con brusquedad.

–Por favor –le besó la nuca y sonrió para sí cuando la notó temblar. Por muy enfadada que estuviera, él no le era indiferente–. Tú y yo. Cena. Baile. Una cama grande y cómoda con sábanas suaves y un desayuno en la cama.

–Me dijiste que podría tener mi propia habitación.

–Te mentí –le respondió dándole un suave mordisco en la oreja.

Ella se giró y lo apartó, con una mano en el pecho.

–Me estás confundiendo.

Duncan se estremeció al reconocer que era una queja de lo más acertada. Se estaba comportando como un lunático; muy cariñoso y, al momento, furioso y molesto.

–En mi defensa diré que no suelo ser tan volátil –y con resignación añadió–: ¿No vamos a hacer el amor esta mañana, verdad?

–¡No! Nos quedan unas horas para ir al funeral y creo que será mejor que nos ocupemos de las habitaciones por separado.

Él le acarició la mejilla.

–¿Y después del funeral? ¿Sigues dispuesta a venir conmigo?

–Solo por una noche, ¿de acuerdo? Tienes decisiones que tomar y probablemente un viaje que organizar.

–Bien –respondió, negándose a ver el fin de su relación; negándose a dejarla marchar–. Solo una noche. Haré que valga la pena.

Angustiado, se dijo que esa aventura iba a ser mucho más corta de lo que había imaginado.

Capítulo Once

Ese mismo día algo más tarde, Abby llenó un vaso de agua y se lo dio a Duncan discretamente. Él lo aceptó con una íntima sonrisa de agradecimiento, se lo bebió de un trago y continuó recibiendo a la gente. Llevaba una hora haciéndolo y la fila salía por la puerta y se extendía por la acera.

Llevaba un sencillo pero elegante traje negro que le sentaba a la perfección a su alta y atlética figura y la única nota de color en él era una alegre corbata roja. Había insistido en que a su abuela no le habría gustado que todo resultara demasiado lúgubre y triste, así que había lucido ese toque carmesí en su honor.

Abby le susurró:

–La siguiente pareja son el alcalde y su esposa, que es la dueña de la cafetería.

Duncan los saludó con una cálida sonrisa y palabras de agradecimiento por su presencia. Abby no sabía si era por el acento escocés, por su atractivo físico o simplemente por curiosidad, pero parecía que todo el pueblo había acudido a presentar sus respetos a Isobel Stewart y a darle el pésame a su extraordinariamente carismático nieto.

El féretro estaba abierto y la señora Isobel tenía un aspecto dulce y sereno.

Abby supuso que la enérgica anciana habría estado

encantada de ver cómo la gente pasaba por su lado entre lágrimas y sonrisas.

La Primera Iglesia Presbiteriana de Candlewick estaba a rebosar, y aunque en la necrológica se había pedido que en lugar de flores se hicieran donativos a la caridad, toda la plantilla de Propiedades Stewart había comprado una enorme corona de crisantemos en color bronce y dorado, las flores favoritas de Izzy.

El funeral comenzaría en menos de treinta minutos y Abby no se sentía del todo cómoda con la idea de tener que sentarse en el primer banco junto a Duncan. Ya solo el hecho de estar allí de pie a su lado había despertado miradas curiosas y susurros. Sin embargo, tendría que soportar el escrutinio con la elegancia que pudiera porque ese día únicamente importaba Duncan.

Cuando solo quedaban unas cuantas personas esperando para hablar con el nieto de Isobel, ella aprovechó para ir corriendo al baño y por el camino se encontró con Lara.

—Vaya… ¿Está mal visto que te diga que estás muy sexy con ese vestido?

Abby tiró de ella hacia un pasillo trasero.

—Shhh. No les des a las viejecitas algo más de qué hablar. Ver al pobre Duncan es lo más emocionante que les ha pasado en meses.

—Al menos desde que su hermano Brody dejó embarazada a la chica de la librería y se casó con ella.

—Estos Stewart saben cómo causar impresión.

—¡Te estás acostando con él!

—Por Dios, baja la voz.

—No sé si sentirme orgullosa o celosa. No pierdes el tiempo, ¿eh?

–Puede que haya llevado demasiado lejos lo de intentar animarlo.

–Abby Hartman, eres una chica mala.

–Muy graciosa. Ha pasado sin más. Ninguno lo ha planeado.

Lara se mostró más seria ahora.

–Ahora que Isobel ha muerto, ¿no va a quedarse, verdad?

–Probablemente no. Me he ofrecido a ayudarlo a vaciar la casa.

–¿Por qué?

–Me siento mal por él.

–Ese hombre es millonario y estoy segura de que puede contratar a quien sea para que lo haga.

–Ten algo de compasión, Lara. Su abuela acaba de morir.

–Y aun así ya te ha engatusado para acostarse contigo.

–No ha sido así –no quería hablar sobre el dolor que había invadido a Duncan la noche que encontraron a Izzy. Lo que había pasado entre ellos era algo natural y no dejaría que el cinismo de Lara manchara ese recuerdo–. Tengo que irme. Va a empezar el funeral.

Lara la abrazó.

–Eres una buena persona. Espero que Duncan sepa lo afortunado que es.

Durante el largo funeral Duncan dio la oportunidad de decir unas palabras en honor de Isobel y muchos aprovecharon para hablar de una mujer que había hecho mucho y había dejado huella en el pueblo.

Finalmente, después de que un solista cantara una última canción, él concluyó diciendo con la voz entrecortada:

–Mis abuelos formaron parte de una generación que creía en el trabajo duro y en la familia. Educaron a mi padre para que fuera autosuficiente y cuando llegamos Brody y yo, nos enseñaron lo mismo. Este pueblo y esta comunidad lo eran todo para ellos. Candlewick siempre será parte del legado Stewart. Gracias por venir hoy. En nombre de toda mi familia, agradezco el modo en que habéis honrado a mi abuela.

Y con eso terminó todo.

La multitud salió y, mientras el pastor se dirigía a Duncan, Abby se acercó al féretro.

–Adiós, señora Izzy. Su nieto lo ha hecho bien, ¿verdad?

De pronto Duncan le agarró la mano, se la apretó con fuerza, y juntos salieron por la puerta trasera de la iglesia en dirección al pequeño cementerio donde se había preparado la tumba de Isobel junto a la de su marido. El pastor pronunció una oración y Abby y Duncan dejaron dos flores sobre el féretro, que comenzó a descender llevando a Isobel a su último lugar de descanso.

–¿Ha estado bien? –le preguntó Duncan a Abby con gesto serio y rodeándola por la cintura.

–Ha estado perfecto.

–Bien.

El pastor le estrechó la mano.

–Las mujeres de la iglesia quieren prepararte comida el próximo martes y me han pedido que te pregunte si es buen momento.

–Por supuesto. Deles las gracias. Agradezco mucho su amabilidad.

Cuando el hombre se marchó, Duncan se dirigió a ella.

–Estoy agotado.

–¿Seguro que aún quieres ir a Asheville?

–No quiero ir solo.

Abby le colocó la corbata aprovechando el gesto como excusa para tocarlo.

–Iré contigo, ya lo sabes.

–Al contrario. No sé nada de ti, Abby, pero estoy dispuesto a aprender.

Estaba tan cansado que le dolían los ojos y también la cara de sonreír y fingir estar bien, pero sobre todo estaba sobrepasado por la pena. Ver el féretro de su abuela hundido en la tierra lo había conmocionado.

Tal vez llevar a Abby a pasar la noche a un hotel lujoso era una idea estúpida y ridícula, pero se aferraba a ella como a un salvavidas. Tal vez, si la llevaba allí y la desnudaba en sus brazos, esa noche podría dormir.

Llegaron al Gloucester Park Inn a las seis. Había reservado una *suite* con vistas a las montañas y había pagado un extra para que los recibieran con una cesta de champán, queso y fresas.

Abby se quitó los tacones nada más entrar y fue directa a la ventana saslediza.

–Esto es precioso. Siempre había oído hablar de este sitio.

Él la rodeó por detrás.

–Me gusta esta zona de Carolina del Norte. Me recuerda un poco a casa.

–Con la diferencia de que no hay agua.

–Sí, eso es verdad –se acurrucó contra su oreja–. ¿Te has traído el vestido bonito?

–Sí.

–Pues ve a cambiarte y abriremos el champán. Tenemos reserva en el restaurante a las siete, así que no nos sobra mucho tiempo.

–No tardaré.

Cuando Duncan oyó el ruido de la ducha del baño del dormitorio, de pronto le pareció una gran idea ir también a refrescarse. Agarró su maleta y se metió en el pequeño aseo que había junto al salón de la *suite*. No solo tenía calor y el traje arrugado, sino que quería quitarse de encima todo lo que tuviera que ver con el funeral. La vida estaba hecha de comienzos y finales. Ese día había tenido lugar un final. ¿Sería la noche el comienzo de algo o simplemente otro final?

Un rato después, cuando Abby salió del dormitorio, le robó el aliento. Su preciosa melena le enmarcaba la cabeza con un toque muy sexy y llevaba un maquillaje más intenso que de costumbre, pero fue el vestido lo que hizo que se le secara la boca y se le acelerara el corazón. Un vestido de tirantes finos y lentejuelas de color rojo fuego envolvía su curvilíneo cuerpo y brillaba a cada paso que daba. Por cómo le sobresalía la parte superior del vestido quedaba claro que su pragmática Abby había prescindido de sujetador, y las curvas de sus caderas parecían suplicar las manos de un hombre.

–Dios mío. Pareces una estrella de cine.

–Tú tampoco estás mal –se puso de puntillas y le besó en la mejilla–. Y hueles muy bien.

–Yo también me he duchado. Deberíamos haberlo hecho juntos para ahorrar agua.

–De eso nada. Me imagino cómo habríamos terminado y me has prometido una cena y un baile.

Él le sonrió y notó cómo parte del peso que le oprimía el pecho se disipaba.

–Sí, es verdad –abrió el champán y sirvió dos copas–. Un brindis. Por Isobel Stewart, mi cabezota y luchadora abuela. Que su Geoffrey y ella estén juntos para siempre.

–Qué bonito –respondió Abby brindando y con una sonrisa.

Duncan se bebió su copa de un trago y se la quedó mirando.

–No.

–¿No qué?

–No me mires como si fueras el lobo feroz y yo tu cena.

–No lo puedo evitar. No puedo apartar los ojos de ti.

Ella soltó la copa y se estiró el vestido.

–Creo que he engordado desde la última vez que me puse este vestido. No recuerdo que fuera tan…

–¿Magnífico? ¿Incandescente? ¿Deslumbrante? Si me quedara más tiempo aquí, te demostraría lo preciosa que eres.

–Si te quedaras más tiempo aquí, te dejaría hacerlo.

De pronto, la idea de dejar a Abby le resultó físicamente dolorosa. Era una realidad a la que se tendría que enfrentar, pero no esa noche. No ahora.

–Vamos abajo.

El restaurante del Gloucester Park Inn era muy elegante, con una enorme lámpara de araña, una pista de baile y salida a una terraza.

Duncan había reservado una mesa en una esquina que les garantizaba un mínimo de intimidad.

–Ahora entiendo a qué venían tantos comentarios sobre este sitio –dijo Abby entusiasmada–. No me extraña que las parejas ahorren para pasar aquí una noche.

El camarero llegó con los menús.

–Creo que tomaré salmón y espárragos.

Duncan decidió probar el filete de ternera Angus.

–Venga, vamos a bailar –dijo cuando les tomaron nota.

–Pensé que no me lo ibas a pedir nunca –le respondió Abby con una sonrisa que lo derritió por dentro.

La llevó hasta la pista y sonrió cuando se acercaron y ella apoyó la mejilla sobre su pecho. Una orquesta de seis músicos tocaba preciosas y evocadoras melodías. Ignoró los recuerdos de la última semana y se centró en Abby, dejando que la música lo relajara.

Inhaló su delicado perfume y la sintió entre sus brazos, tan suave e intensamente femenina. Era imposible alejarse de esa conexión tan inesperada y visceral que se había creado entre los dos y, aun así, ¿qué sabía de ella? Apenas le hablaba de sí misma. ¿Era simplemente una mujer reservada u ocultaba algo?

Si seguía en Candlewick, tal vez tendrían una oportunidad de estar juntos, pero cada vez que contemplaba la idea de quedarse allí, el estómago se le encogía de pánico. Por otro lado, tampoco era buena idea llevar a Abby a Escocia. Había trabajado mucho para llegar adonde había llegado en su trabajo y sería prácticamente imposible que pudiera empezar de cero en Skye.

Extendió los dedos sobre su espalda y tembló por dentro al imaginarla desnuda en sus brazos otra vez. Y ya que su cuerpo estaba empezando a responder pero sabía que tenía que aguantar hasta después de la cena, pensó en algo con lo que distraerse.

–Háblame de tu familia. Tú lo sabes todo de mí.

Abby se tensó en sus brazos claramente. No tenía sentido.

–¿Abby?

–No hay mucho que contar.

–Tu madre debió de ser una mujer muy guapa. Imagino que te pareces a ella.

–A veces creo recordarla, pero puede que sea solo mi imaginación. Tengo algunas fotos. Fue maestra antes de que yo naciera.

–¿Cómo murió?

–De apendicitis. Tardó demasiado en ir al médico y desarrolló una septicemia.

–Lo siento mucho. No está bien que una niña crezca sin su madre –le dijo acariciándole el pelo.

–Gracias.

–No me has hablado mucho de tu padre.

–Y no lo haré.

–No quiero presionarte para que me lo cuentes, pero

106

si no os lleváis bien, ¿por qué te has quedado aquí? Sí, sin duda es un pueblo precioso, pero habrías tenido más oportunidades en una ciudad. Eres inteligente y ambiciosa. ¿Qué te retiene en Candlewick?

–Mi madre está enterrada aquí y suelo ir a su tumba a hablar con ella. Me hace feliz pensar que podría sentirse orgullosa de mí.

–De eso no tengo ninguna duda, Abby Hartman.

Era cierto. Para ser una mujer joven y con poco apoyo paternal por lo que él sospechaba, Abby había logrado mucho en su corta vida.

La canción terminó y Abby se apartó.

–Ya nos han servido la comida. Me muero de hambre. ¿Te importa?

–Claro que no.

Sabía que le estaba ocultando algo. Tal vez no era asunto suyo, pero su renuencia a hablar le generaba más interrogantes todavía.

Capítulo Doce

Las inocentes preguntas de Duncan sobre su familia le habían amargado la noche. Si la suya fuera una relación seria, tal vez se vería obligada a compartir todos los detalles sórdidos de su árbol genealógico, pero esa aventura, o lo que fuera, era algo temporal, y por eso no tenía ningún interés en contarle a Duncan todos sus secretos.

Se sentaron en la mesa y comieron prácticamente en silencio, y aunque la comida estaba impresionante y Abby había estado muriéndose de hambre, ahora tenía un nudo en el estómago que le impidió comer más de una pequeña porción. Por suerte, Duncan no dijo nada al respecto. Se terminó su plato y se bebió dos copas de vino. Ella, por su parte, bebió con moderación. Estaba nerviosa pero quería tener la mente clara y despejada. Se habría saltado el postre, pero Duncan pidió el postre especial sin consultárselo. La tarta estaba hecha con manzanas locales y canela y coronada por helado de vainilla. Su aroma y su sabor le despertaron recuerdos del otoño, su estación favorita, y de ahí pasó a pensar en el frío y duro invierno de las montañas y en cómo Duncan se habría ido mucho antes de que llegara Navidad llevándose consigo toda la alegría y el color. Por un instante deseó no haberlo conocido nunca.

Él le ofreció la última cucharada de tarta y ella abrió la boca y tragó, intentando no demostrar cuánto la había afectado ese gesto tan cercano y natural.

Por mucho que se dijera que él acabaría marchándose, siempre le quedaba una diminuta esperanza de que Duncan finalmente decidiera seguir allí o le pidiera marcharse con él. Pero ese era un sueño agradable que no tenía cabida en el mundo real. Duncan aún parecía desconfiar de ella sobre la venta de la propiedad y sabía que le ocultaba algo sobre su padre. No era estúpido. Y ahora se marcharía, muy pronto. No habían tenido tiempo para construir la clase de relación que podía resistir a una separación física. Si la señora Izzy no hubiera muerto...

Duncan pidió la cuenta y le agarró la mano por encima de la mesa.

–¿Subimos?

–Sí.

Cuando llegaron a la *suite*, sus nervios se multiplicaron por mil. Duncan jugueteaba con los tirantes de su vestido y sus cálidos dedos le rozaban la clavícula.

–Estás temblando. ¿Por qué?

–Me gustas, Duncan, pero no quiero que me rompan el corazón.

¿Era imaginación suya o Duncan había palidecido?

–¿Crees que eso puede pasar?

–Mírate. Eres alto, inteligente y guapo y tienes sentido del humor y picardía. No soy inmune.

Él le acarició la mejilla.

–Yo tampoco soy inmune. Ojalá nos hubiéramos conocido en un momento mejor.

Al parecer, él también admitía la verdad. Su relación no sobreviviría a su marcha, pero, aun así, la atracción sexual era fuerte.

Sin saber cómo, Abby encontró el valor para preguntarle:

–¿Vas a vender el negocio?

–Probablemente –respondió extrañado.

Ella asintió, decepcionada, pero decidió dejar de lado las emociones y concentrarse en el momento.

–Puede que nuestra relación no tenga futuro, Duncan, pero tenemos esta noche. ¿Por qué no me enseñas cómo un escocés seduce a una mujer?

–Eso sí que puedo hacerlo –respondió, y al instante le bajó los tirantes–. Dios, eres preciosa –murmuró acariciando la piel de sus pechos, que le asomaba por el escote.

Nunca había pensado que sus pechos fueran especialmente sensibles, pero con Duncan acariciándolos y jugando con ellos, se le erizaba el vello y temblaba por dentro. Ver sus dedos bronceados moverse con seguridad y destreza sobre su piel blanca resultaba insoportablemente erótico.

Le temblaban las piernas y la temperatura se le disparó. Se le secó la garganta.

–Podríamos ir a la habitación –dijo. No habían pasado del salón.

Duncan le acarició los pezones y llamaradas de fuego le recorrieron el cuerpo. El deseo que sentía por él eclipsó su necesidad de protegerse. Esa noche le daría lo que pidiera.

–No me hagas esperar –le susurró–. Te deseo.

Sus palabras lo reactivaron e inmediatamente la levantó en brazos, la llevó al dormitorio y apartó las sábanas de la enorme cama. Sin miramientos, la soltó en la cama y se tumbó a su lado. En lugar de seguir desnudándola, la besó desesperadamente. Sus firmes y masculinos labios sabían a manzana. Su lengua acariciaba la suya.

Ningún hombre que hubiera conocido nunca había logrado hacerla pasar tan rápidamente de la indecisión y el nerviosismo a la excitación. Le temblaba el cuerpo y estaba a punto de hiperventilar.

Sin dejar de besarla, él se quitó la chaqueta. Su desesperación no era menor que la de ella y al momento los dos estaban desnudos por completo y el uno en los brazos del otro. El cuerpo de Duncan era cálido e inequívocamente masculino. Su sexo le rozaba la cadera.

Nunca había tenido una inclinación particular hacia los hombres vestidos con el típico atuendo escocés, pero de pronto el corazón comenzó a latirle con fuerza al imaginar a Duncan con una *kilt*.

Había algo en él que lo diferenciaba de todos los hombres que había conocido; tal vez era la intensidad que ponía en todo lo que hacía, ya fuera sexo o cualquier otra cosa.

Ella se había esforzado mucho por lograr hacer algo de sí misma y ahora ahí estaba, con un trabajo estupendo, una buena reputación y un círculo cercano de amigos, pero lo único que quería por encima de todo se le estaba escurriendo entre los dedos. Lo cierto era que hasta ahora nunca había pensado que necesitara a un hombre, pero conocer a Duncan le había hecho ver lo que se estaba perdiendo.

Él se agachó y le lamió el ombligo.

–Creo que me has dejado solo, mi niña.

–Estoy justo aquí.

–Sí, pero estás distraída.

Le asombró que la conociera tanto. Ningún hombre debería conocer tanto la psique femenina; eso lo convertía en peligroso.

Ella le acarició el pelo.

–Lo siento –se le cortó la respiración cuando él bajó un poco más y le besó un muslo–. ¿Duncan?

Él la sujetó y la acarició íntimamente con su habilidosa lengua.

–Confía en mí, Abby. Por una, vez relájate y déjate llevar.

Lo intentó, de verdad que sí, pero ese nivel de intimidad aún era relativamente nuevo para ella. Su historial sexual antes de conocerlo había sido breve y corriente. Convencional. Situaciones en las que había tenido el control, tal como le gustaba.

Pero el sexo con Duncan era distinto.

Él exigía una completa capitulación, una confianza absoluta. No era fácil.

Cerrar los ojos la ayudó y su cuerpo se quedó flojo de placer.

–Es suficiente –gritó de pronto nerviosa.

Él le levantó una pierna y se la echó sobre el hombro.

–Tranquila. ¿De qué tienes miedo, dulce Abby? Déjame hacer esto. Estoy tan excitado que me duele y tu sexo está inflamado y rosado. Voy a tomarte deprisa, lento y de todas las maneras.

Sus excitantes palabras se combinaron con el roce de sus manos y de su lengua para llevarla más lejos de lo que había llegado nunca con un hombre. Tanta intimidad resultaba aterradora y excitante a la vez. Después, Duncan dejó de hablar y remató su destrucción.

Al llegar, el éxtasis la arrojó a una tormenta de placer tan puro y ardiente que comenzó a jadear y a gritar.

–Duncan…

–Esa es mi chica. Estoy aquí, Abby. Estoy aquí.

Duncan le había prometido que la protegería, pero ahora mismo lo que sentía era un salvaje deseo de tomarla una y otra vez. ¿Cómo podía desearla tanto y después marcharse sin más? Decidió dejar de pensar. El futuro no importaba. Lo único que importaba ahora mismo era adentrarse en ella lo antes posible.

Con cierta torpeza, agarró sus pantalones y sacó los preservativos que había guardado antes. Desde que había conocido a Abby, la idea del sexo le había llenado la cabeza constantemente.

Ella lo miraba con los ojos entrecerrados y los labios inflamados. Sus pezones parecían tersas frambuesas. Él quería explorar cada centímetro de su cremosa piel y de sus exuberantes curvas, pero su cabeza le exigía acción: «tómala, tómala, tómala».

–Lo siento. La próxima vez iremos más despacio.

Antes de que Abby pudiera responder, entró en ella con un enérgico movimiento de cadera. Sentirla rodeando su rígido miembro con su húmedo calor le chamuscó el cerebro. Unos esbeltos y femeninos brazos le rodeaban el cuello. Abby arqueó la espalda e inclinó las caderas. Él estaba tan cerca del clímax que todos los nervios del cuerpo se le tensaron.

–Duncan… –le dijo rozándole la mejilla con su cálido aliento.

Sintió que Abby le pertenecía y, movido por un instinto primario, quiso reclamarla y marcarla para que ningún otro hombre se le acercara. Era su Abby y la de nadie más.

Poco a poco fue recuperando el control, lo suficiente para hacerle el amor sin tener que avergonzarse de sí mismo. Le dolía la mandíbula del esfuerzo de contenerse y tenía la frente cubierta de sudor, pero logró dominar a la bestia.

Despacio, se apartó y volvió a hundirse en ella. ¿Alguna vez había deseado tanto a una mujer? ¿Alguna vez había conectado con una mujer tan rápida e intensamente? Decidió dejar de pensar y concentrarse únicamente en el momento y en Abby.

Bajo su cuerpo parecía muy pequeña e infinitamente frágil, pero en el fondo sabía que su vulnerabilidad era solo una ilusión. Era una mujer fuerte y resiliente que le había ayudado cuando más lo había necesitado.

Su respiración era entrecortada y el latido de su corazón, una cacofonía de tambores. La tomó lenta y cuidadosamente, rodeando sus nalgas con sus manos y llevándola más hacia él.

Abby tenía las mejillas sonrojadas y las pupilas dilatadas. Cuando intentó cerrar los ojos, él le dijo:

–Mírame, Abby. Dime qué sientes.

–A ti. Te siento a ti. Y eres muy grande.

El pícaro comentario lo sorprendió y le arrancó una risa. Eso sí que era nuevo para él, el humor durante el sexo. No estaba acostumbrado a la variedad de emociones que le provocaba Abby. Pasaba de estar ciego de deseo a querer acunarla en sus brazos y protegerla de todo y de todos, incluso de sí mismo.

Inevitablemente, su libido se hizo con el control.

—Espero que no quieras dormir esta noche —le susurró acariciándole los pechos.

—No te preocupes, chico grande. Puedo contigo.

El final fue una locura.

—Abby. Mi dulce Abby…

Y entonces llegó a lo más alto del placer y perdió el sentido.

Unos segundos después recuperó el habla, aunque aún notaba la lengua pesada y la cabeza confusa.

—¿Estás bien? —su peso, bastante considerable, reposaba completamente sobre ella.

Abby sacó un brazo como pudo y respondió:

—Estoy bien.

Él se rio.

—Supongo que deberíamos dormir un poco.

—Sí, pero primero tengo que… ya sabes…

Era una monada cuando se ponía tímida.

Mientras ella iba al baño, él se tumbó boca arriba y se quedó mirando al ornamentado techo. Tal vez debería tenerla en esa habitación más de una noche. ¡Al infierno con la responsabilidad! Un hombre se merecía unas vacaciones, ¿no? Aunque conociendo la puritana ética del trabajo de Abby, sabía que ella no aceptaría.

Cuando la vio volver del baño aún desnuda a pesar de que allí había dos albornoces colgados, lo interpretó como una buena señal.

—¿Para qué es eso? —le preguntó al verla con una manopla en la mano.

Abby esbozó una petulante y adorable sonrisa.

–Voy a limpiarte.

–No es necesario.

–Confía en mí, Duncan.

Cuando él se sentó en el borde de la cama y se quitó el preservativo, tembló por dentro. Su erección ya estaba dando señales de nueva vida. Abby lo rodeó con la mano, lo cubrió de jabón y él se tumbó en la cama, gimiendo.

–Creo que ya puedes parar –dijo unos momentos después.

Su palpitante erección era dura como una piedra.

Abby soltó la manopla, se tumbó sobre él y lo besó con delicadeza.

–¿Es que te estaba haciendo daño? ¿He sido demasiado brusca?

Duncan la agarró por la nuca y la acercó para besarla.

–Eres muy competitiva. ¿Cómo es que no lo sabía?

Ella le mordisqueó el labio inferior.

–Hay muchas cosas que no sabes. ¿Empiezo o quieres hablar más?

–Me estás asustando –dijo él entre la risa y la excitación.

Abby le dio un último beso y se deslizó hacia abajo de la cama.

–Pues no he hecho más que empezar.

Capítulo Trece

Abby nunca había sido desinhibida en sus relaciones sexuales. Cauta por naturaleza, prefería protegerse para que no le hicieran daño y evitar resultar ingenua o patosa.

Con Duncan todo eso se esfumaba por la euforia de estar con un hombre que la hacía sentirse como una diosa del sexo. El escocés la deseaba, no lo podía ocultar. Y ese apasionado deseo le hacía a ella querer estar a la altura de su pericia erótica.

Tenía la esperanza de que su entusiasmo compensara su falta de experiencia o técnica.

Ahora mismo Duncan estaba tendido en la cama agarrando las sábanas con fuerza y con la mandíbula apretada. Ella le acarició sus párpados cerrados.

–Relájate, Duncan. No te morderé… demasiado.

–No seas cruel y no me provoques. Estoy a punto.

Sin embargo, ya que él acababa de disfrutar de un prolongado e impresionante orgasmo, se tomó sus protestas con reserva.

–Prueba a contar ovejas o a recitar tablas de multiplicar. Me apetece jugar.

Observó detenidamente el cuerpo de su amante. Su abdomen era firme y terso. Acarició el sedoso vello que le rodeaba el ombligo y sonrió cuando lo vio estremecerse.

Su pene, grueso y largo, era hermoso y se erigía contra su vientre. Lo acarició arrastrando con el dedo una gota de fluido y excitándose al imaginarlo entrando en ella otra vez.

Tenerlo a su merced momentáneamente era una experiencia nueva.

Sin avisarlo, lo tomó en su boca y saboreó su esencia entremezclada con restos de jabón.

Y ahora que lo tenía ahí, ¿qué iba a hacer con él?

De pronto, todo el cuerpo de Duncan se tensó y él murmuró algo en gaélico. Entre sus labios, su erección palpitó y se engrosó. Con delicadeza, le acarició los testículos con la mano que tenía libre y el efecto que eso produjo en Duncan fue eléctrico. Intentó incorporarse, pero ella le lanzó una advertencia:

—No te muevas.

Duncan se dejó caer en el colchón y gimió. Ahora se encontraba vulnerable en sus manos mientras ella movía la boca de arriba abajo reconociendo los puntos que lo hacían temblar de placer.

Pero, por desgracia, Duncan estaba demasiado preparado para esa delicada tortura y ella pudo sentirlo.

Con un último beso, se apartó.

—Por favor, dime que tienes más preservativos.

—En la cartera —respondió él con la voz entrecortada—. Uno más.

Abby lo encontró, lo abrió y se lo puso.

—Ya está —suspiró.

Lo que pasó a continuación fue rápido. Él la llevó a un lado de la cama y la giró boca abajo con delicadeza para adentrarse en ella por detrás. Desde ese ángulo, Abby lo sintió más grande todavía.

Ahora era ella la vulnerable, y sentirlo rodeándola, dominándola, la excitó todavía más. Viendo cómo se sentía ahora mismo, supo que ya no le bastaría con una noche. ¿Podría luchar por él? ¿Había alguna posibilidad?

Duncan aminoró el ritmo, alejándola del precipicio del placer.

—No pares —le suplicó ella.

Él tenía una mano sobre su nuca.

—Ahora yo estoy al mando, Abby —dijo con sonidos guturales—. Tú has tenido tu oportunidad y ahora lo haremos a mi modo.

Duncan estaba embriagado de deseo y testosterona. Quería llegar al final ya, pero también quería hacer volar a Abby, hacerle gritar su nombre, hacerle saber que, al menos en la cama, eran perfectos.

Su trasero con forma de corazón se curvaba hacia una estrecha cintura. La línea de su columna era femenina y delicada. Su cabello, entre rubio y rojizo, formaba un bonito halo alrededor de su cabeza.

—Dame las manos.

Ella miró hacia atrás, confundida.

—Mejor dicho, pon las manos detrás de la espalda.

Lentamente hizo lo que le pidió y Duncan le agarró las muñecas con una mano y con la otra le acarició ese diminuto y sensible punto. Los gemidos de Abby produjeron en él el mismo efecto que una inyección de adrenalina, hasta tal punto que comenzó a perder el control y tuvo que soltarle las muñecas. Ahora, acariciándole con las dos manos su sexy trasero, recuperó el ritmo y los llevó a los dos a la línea de meta.

Cuando todo terminó, se dejó caer sobre ella preguntándose qué había pasado. ¿Cómo podía algo temporal ser tan poderoso?

Intentó respirar, pero de pronto había olvidado cómo hacerlo. Muy despacio, se apartó y se dejó caer en la cama a su lado.

–Duerme. Necesitamos dormir.

A la mañana siguiente, cuando despertó, tardó unos minutos en reaccionar. Abby y él se habían encontrado dos veces más durante la noche; los recuerdos de esos momentos de sexo eran como un sueño, pero el placer que aún sentía en el cuerpo era muy real.

Por la ventana entraba un débil rayo de sol y tenía a Abby acurrucada contra su cuerpo. Le acarició el pelo mientras intentaba asimilar lo que había pasado entre los dos.

De pronto, ella abrió los ojos, se giró y lo miró.

–Hola.

Duncan le acarició la mejilla y la besó en la nariz.

–Hola.

–¿Qué hora es?

–Las diez.

–Por favor, dime que colgaste el cartel de «No molestar».

–Sí. ¿Qué te parece si llamo al servicio de habitaciones?

–Estaría muy bien.

–¿Qué te apetece? ¿Huevos? ¿Bollos?

–A riesgo de no sonar muy femenina, ¡pídelo todo! Me muero de hambre.

–Bien, porque anoche quemaste unas cuantas calorías –le acarició un pecho y la besó en los labios–. Te agradezco mucho todo el ejercicio aeróbico.

Y cuando intentó colar la mano entre sus cálidos muslos, ella se la apartó.

–Ahora no es momento para eso. Me has prometido comida.

Con un suspiro de resignación, él se levantó y se estiró.

–Si insistes…

Había pedido una cantidad de comida indecente, pero entre los dos la devoraron.

–¡Qué vergüenza! –exclamó Abby mirando la bandeja vacía mientras se tomaba una segunda taza de café.

–Me gustan las mujeres con un buen apetito… para todo.

–Ya ha salido el sol. No deberíamos estar pensando en sexo.

–Yo siempre pienso en sexo cuando estoy contigo.

–¿En serio?

Se acercó, la agarró por la nuca y la arrimó lo suficiente para darle un ardiente beso.

–En serio, Abby.

Cuando la soltó, a los dos les faltaba la respiración.

–Quédate conmigo en casa esta semana.

–No creo que sea buena idea. Te ayudaré durante el día, pero me iré a mi casa por las noches.

–¿Por qué?

–Preferiría acabar con esto ya. Pronto te irás y ya me está resultando difícil porque me importas. Eso sin mencionar que tendrás a gente entrando y saliendo de tu casa estos días y que no puedo arriesgarme a que haya habladurías, Duncan. Cuando tú ya no seas más que un recuerdo, yo seguiré trabajando y viviendo aquí. Me preocupan mi trabajo y mi reputación.

—¿Entonces ya está?

—¿Qué quieres de mí? Yo vivo aquí y tú vives allí. Hemos disfrutado de un sexo fantástico, pero eso es todo lo que tenemos en común. No quiero hablar más de esto. Llévame a Candlewick, por favor.

El trayecto de una hora resultó algo incómodo, ninguno de los dos decía nada, pero al final Duncan decidió que estaba cansado de estar enfadado. Las normas de Abby tenían sentido por mucho que a él no le gustaran. Le agarró la mano y dijo:

—Lo haremos como consideres que es mejor y no te obligaré a cumplir tu promesa de ayudarme.

—Me necesitas durante unos días. No puedes dejar que una empresa entre en la casa y se lo lleve todo sin más. Sé que crees que no quieres nada, pero puede que haya cosas de valor… si no para ti, tal vez sí para los hijos de Brody. O para los tuyos.

—Yo no pienso tener hijos.

—¿Ah, no?

—Demasiada responsabilidad. Y no es justo para los hijos cuando los padres se separan.

—Hablas desde la experiencia.

—Sí. Ya te he dicho que no me gustan los secretos. Mis padres creían que nos estaban protegiendo al ocultarnos los problemas que estaban teniendo y guardar las apariencias, pero precisamente por eso cuando se separaron nos quedamos tan impactados y sorprendidos y nos sentimos estúpidos y traicionados. No sé qué habríamos hecho si los abuelos no hubieran cuidado de nosotros cuando todo estalló.

—No todos los matrimonios terminan.

—Pero muchos sí, así que yo prefiero no correr el riesgo —respiró hondo y apretó con fuerza el volante con las dos manos—. ¿Podemos cambiar de tema, por favor?

—Claro.

Pasaron varios kilómetros en silencio hasta que Abby volvió a hablar.

—¿Te gusta trabajar para tu hermano?

—Sí.

—¿Y el agua y los barcos son tu pasión como la de Brody?

—No tanto. Me encanta Skye. Es un lugar precioso donde crecer, pero a mí me llama más la montaña. Hace unos años empecé a escalar los Munros y hasta ahora he logrado veintitrés.

—¿Los Munros?

—En Escocia es el término que usamos para cualquier cima que supera los novecientos metros. Hay casi trescientos en total, así que aún me queda bastante trabajo por delante. Cuando pensaba en vivir aquí con la abuela me planteé explorar la Cordillera Azul. Me enamoré de vuestras montañas cuando Brody y yo pasamos aquí los veranos de niños.

—Es verdad que tenemos algunas espectaculares, aunque diría que muy distintas de las escocesas. A lo mejor sacas tiempo para escalar al menos una antes de marcharte –dijo Abby claramente, forzando la voz de alegría.

Después se volvieron a quedar en silencio. La facilidad con la que habían intimado durante la noche no había resistido a la luz del día y, además, Abby parecía decidida a recordarle que se iba a marchar.

Una vez en la casa de sus abuelos, que ya se veía triste y abandonada, descargó las bolsas y recogió dos centros de flores que alguien había dejado en el porche junto con unas tarjetas de condolencias.

–¿Quieres almorzar?

–Creo que no podré comer nada hasta la noche. Empezaré con el primer dormitorio.

–De acuerdo.

–¿Qué vas a hacer tú?

–Supongo que empezaré por el despacho. La abuela intentó vaciarlo cuando Brody y Cate estaban aquí con ella, pero era demasiado trabajo y me hizo prometerle que lo haría con ella.

En ese momento, Abby se le acercó, lo abrazó por la cintura y apoyó la mejilla en su pecho.

–Siento que haya muerto, Duncan.

–Sí –respondió él abrazándola con fuerza–. Era una mujer increíble. Espero que el abuelo y ella no puedan ver lo que estoy a punto de hacer.

–Tienes que hacer lo que crees que es mejor para tu familia y para ti. No se te puede pedir más.

Abby dio un paso atrás y él se vio obligado a soltarla.

–Usaré bolsas de basura blancas para cosas que vamos a donar y las negras para cosas que hay que tirar. ¿Te parece bien?

De pronto toda la situación lo asfixió.

–Haz lo que quieras. Me da igual.

Cuando ella se dio la vuelta y se alejó, quiso agarrarla y disculparse por su brusquedad, pero tal vez era mejor así. Si le dejaba pensar que era un cretino, no lo querría cerca, ¿verdad?

Y aunque no tenía ninguna gana, fue al despacho de su abuelo y empezó con la desalentadora tarea. Al cabo de un par de horas comenzó a sentirse satisfecho con el trabajo que estaba haciendo, separando lo que se podía tirar y apartando objetos y documentos demasiado valiosos o con demasiado significado histórico. Estaba trabajando rápida pero metódicamente e ignorando las ganas de bajar y ver cómo iba Abby. Si ella quería distancia entre los dos, intentaría dársela, por mucho que eso lo matara.

Al terminar de llenar una caja con objetos que quería conservar y bajarla al suelo, vio algo asomando detrás de un archivador de roble. Era un sobre grande y cerrado con la inconfundible letra de su abuelo: «Mi queridísima Isobel». ¿Qué podía haber escrito su abuelo que fuera a salir ahora a la luz, casi un año después de su muerte?

Capítulo Catorce

Abby bostezó y estiró la espalda. En dos horas había hecho un gran trabajo limpiando y vaciando esa habitación de invitados. Ahora el armario de ropa estaba vacío, al igual que los cajones de todos los muebles y del baño.

Fue al lavabo a refrescarse la cara. La falta de sueño de la noche anterior estaba empezando a pasarle factura, pero a pesar del cansancio, se alegraba de estar ahí con Duncan.

—Estúpida —susurró para sí mirándose al espejo—. Deberías salir corriendo. Esto no va a terminar bien.

Al volver al dormitorio, se encontró a Duncan de pie en la puerta, y cuando le sonrió, él no pareció percatarse. Estaba pálido y con un sobre fuertemente apretado entre los dedos.

—¿Qué pasa? —le preguntó alarmada.

—He encontrado una nota de mi abuelo para mi abuela que, al parecer, ella no vio nunca. Está fechada diez días antes de que él muriera.

—Cuánto lo siento, Duncan. Pero ahora están juntos, así que en realidad la nota no es tan importante ya, ¿no crees?

—Léela. No sé qué hacer.

Temblando, Abby agarró el sobre y sacó la hoja escrita a máquina. Comenzó a leer:

Mi queridísima Isobel,

Si estás leyendo esto, supongo que ya me he ido y tú te has quedado intentando solucionar lo que he estropeado. Mi única excusa es que creo que he estado experimentando el inicio de una demencia. Mucho de lo que te voy a contar hace referencia a hechos de los que no tengo recuerdos reales. Supongo que no es una buena excusa, pero es la verdad.

Hace unas semanas un hombre vino a mí con una propuesta de inversión. Era muy persuasivo y, al parecer, accedí a ella. Ni siquiera recuerdo en qué consistía, pero saqué cinco millones de dólares de nuestra cuenta y se los di.

Todo el dinero ha desaparecido, Isobel. Todo. Soy un viejo estúpido y debería haber renunciado a la dirección de la empresa hace mucho tiempo. Hace solo unas semanas que tuvimos la auditoría, así que todavía falta al menos un año hasta que alguien descubra lo que he hecho. Gracias a Dios no hipotequé el negocio, pero será difícil recuperar todo el dinero perdido.

Mi única esperanza es poder reponer el dinero de algún modo. Si lo logro, nunca tendrás que saber esto y destruiré esta nota. Estoy asustado y consternado. Confiabas en mí y te he traicionado de un modo terrible.

Hay días en los que noto que no logro controlar las cosas. Quiero decirte la verdad. Quiero que sepas que estoy perdiendo la cabeza. Me siento muy avergonzado y me resulta muy difícil hablar de estas cosas. Un hombre debe cuidar de las personas a quien quiere, pero ¿cómo voy a hacerlo yo cuando hay días en los que ni siquiera recuerdo el camino de vuelta a casa?

Por si existe la más mínima posibilidad de que po-
damos recuperar nuestros fondos, aquí adjunto la tar-
jeta de visita que he encontrado en el bolsillo de mi
chaqueta. El nombre del hombre es Howard Lander...

Abby emitió un grito ahogado y soltó la carta.

«No, por favor. No».

Duncan malinterpretó el motivo de su conmoción.

—¡Cinco millones de dólares, Abby! No sé cómo
contárselo a Brody. ¿Y qué hago con los empleados?
¿Cómo les explico que mi abuelo estaba senil?

Abby apenas podía hablar.

—Ya pensaremos en algo, Duncan. Podríais vender
algunas de las cabañas.

—¡O podría buscar a ese tal Howard Lander y hacerle desear no haber nacido nunca!

—Date un momento para respirar y pensar. A lo mejor no es tan malo como crees.

—Agradezco tu intento de animarme, Abby, pero ni
todo el pensamiento positivo del mundo podría hacer
que reaparezcan cinco millones de dólares como por
arte de magia.

Abby debía decirle la verdad, pero las palabras se
le atascaban en la garganta. Sabía perfectamente quién
era Howard Lander y dónde encontrarlo, pero si le decía a Duncan que Howard era su padre, la miraría con
desprecio y desconfianza y jamás creería que no había
tenido nada que ver con el fraude.

—¿Te importaría llevarme a casa, Duncan? Estoy
muy cansada.

—Siento haberte disgustado, pero, por favor, no te
vayas.

Su dulce sonrisa le partió el corazón mientras ese terrible secreto seguía ahogándola. Ahora era demasiado tarde para desear haberle hablado antes de su padre y su silencio sobre el tema la condenaría cuando la verdad saliera a la luz. Debía intentar encontrar una solución.

Se permitió el lujo de abrazarlo durante un delicioso segundo y finalmente se obligó a apartarse.

–No has hecho nada malo, nada en absoluto, pero necesito irme a casa. Si lo prefieres, me llevaré el coche de tu abuela.

–Ni hablar. Es una chatarra vieja. Te llevaré a casa si es lo que quieres.

No era lo que quería, pero no tenía elección. Debía hacer algo, lo que fuera, para reparar el daño que había causado.

No hablaron durante el trayecto hasta el pueblo y, mientras, su conciencia no paraba de gritarle: «¡Mentirosa!».

–Gracias, Abby –le dijo Duncan cuando pararon frente a su casa.

–¿Me estás dando las gracias por el sexo?

–Te las doy por todo –la besó en la frente–. No podría haber sobrevivido a todo esto sin ti.

–Quería estar contigo, Duncan, y sigo queriéndolo.

–Te escribiré por la mañana. ¿Te parece bien?

–¿Estarás bien esta noche?

–Sí. Me iré a dormir pronto.

–No te preocupes por el dinero.

–Eso es como decirle al sol que no salga. Pero no te preocupes, Abby. No es problema tuyo.

Salió corriendo del coche, se metió en casa y se

dejó caer en la cama. Estuvo llorando durante media hora y echando ya de menos a Duncan con un espantoso dolor. Y cuando ya no le quedaban lágrimas, se quedó allí tumbada intentando respirar. Le dolía el pecho. Le dolía la cabeza. Le dolía el estómago. Pero no podía permitirse el lujo de regodearse en su dolor. Mareada y con ganas de vomitar, se levantó y fue a lavarse la cara. Después, agarró las llaves del coche y salió de casa.

Su padre vivía a las afueras de Candlewick en un viejo *camping* para caravanas donde la policía solía hacer redadas por el tráfico de metanfetamina. Era sorprendente, pero nunca había jugado con las drogas. Parecía bastante satisfecho con su whisky y sus cigarros.

Aparcó delante de su oxidada casa móvil y bajó del coche. Era la primera vez en más de seis años que había ido ella a buscarlo. Al pulsar el descascarillado timbre, tuvo que contener las ganas de echar a correr.

Howard Lander abrió la puerta y la miró atónito.

—Mi niña, cuánto me alegro de verte.

Cuando fue a abrazarla, ella lo apartó.

—Ahórratelo.

Al entrar en el diminuto salón comenzó a tener dudas. Su padre vivía en una pobreza casi absoluta, ¿era posible que la nota que había encontrado Duncan fuera fruto de las divagaciones de un hombre muy enfermo?

—¿A qué debo este placer?

—¿Qué has hecho con el dinero de Geoffrey Stewart?

—No sé de qué me hablas.

Sin embargo, su rostro ruborizado y su mirada de pavor no dejaban lugar a dudas.

—Sé lo de los cinco millones de dólares y quiero que los devuelvas.

–¿Te parezco un hombre que tiene cinco millones? –preguntó ahora furioso.

–A lo mejor lo estás escondiendo para que nadie sospeche, pero yo lo sé y Duncan también lo sabe. Geoffrey Stewart dejó una nota y tu tarjeta de visita estaba metida en el sobre. ¿Cómo pudiste hacerlo, papá?

Se le rompió la voz al pronunciar esa última palabra. ¿Cuántas veces podía un hombre decepcionar a su hija antes de que la relación quedara destrozada de forma irrevocable?

–¡Ese viejo tenía más dinero del que nunca podría llegar a gastarse! No hice nada malo. Me lo dio por voluntad propia.

–¡Padecía demencia y te aprovechaste de él! Quiero que devuelvas el dinero.

–Ya no está. Tuve mala suerte en una partida de dados.

–Tenemos que arreglar esto.

–¿Estás loca? Podríamos vender esta caravana y tu casa pero ni aun así reuniríamos nada. El dinero ha desaparecido. Fin de la historia. Esos Stewart son ricos, para ellos esto no es nada. Te preocupas demasiado, niña.

–¿Y si Duncan Stewart te envía a prisión?

–No permitirías que eso pasara. Te conozco, Abby. Eres mi niña. Soy lo único que tienes.

Se sentía estúpida y traicionada, y todo porque había querido desesperadamente tener un padre que la quisiera.

–No eres nada para mí. No vuelvas a acercarte a mí. El lunes pediré una orden de alejamiento. Ya no tienes derecho a decir que eres mi padre.

Abrió la puerta y salió tambaleándose. Se metió en el coche entre las miradas de curiosos vecinos y, con manos temblorosas, escribió un mensaje a Lara:*¿Puedes venir a mi casa? Es una emergencia.*

Al llegar a su casa, Lara ya estaba esperando sentada en el porche. Subió los escalones y corrió a los brazos de su amiga llorando descontroladamente. Lara la llevó adentro, hacia la cocina, y le preparó un té.

—Toma, bébetelo. Respira hondo y cuéntamelo todo.

Cuando terminó de relatar lo sucedido, su amiga se quedó callada.

—¿Crees que me podrían dar un préstamo en el banco? Tardaría toda una vida en devolver el dinero, pero…

—Mira, cariño, tienes una cuenta con un saldo fantástico, pero nadie en su sano juicio te prestará cinco millones de dólares, y te lo digo como profesional de la banca. Lo siento.

—¿Y cuánto podría pedir?

—Mírame, cielo. Es la deuda de tu padre, no la tuya.

—No lo entiendes.

—Lo entiendo más de lo que crees. Todo el mundo en este pueblo sabe que eres noble e íntegra. Por mucho que te duela, vas a tener que olvidarte de esto. A la familia Stewart se le ha hecho un daño terrible, pero no son indigentes precisamente. Saldrán adelante.

—Tengo que contarle la verdad a Duncan.

—Claro que sí, y mejor pronto que tarde. Si ese escocés es la mitad de hombre que crees que es, reconocerá que no eres responsable de lo que haga tu padre.

—Estoy asustada.

—Yo también lo estaría, pero la verdad siempre es el mejor camino. Llama a tu Duncan y cuéntaselo todo.

Abby, incapaz de contener las lágrimas, se secó la cara con las manos.

–Sabía que lo nuestro sería temporal y que iba a marcharse, pero no quería que terminase así.

–Pase lo que pase, yo estaré aquí, Abby. Eres mi mejor amiga y no tienes que pasar por esto sola.

–Ya estoy bien, no te preocupes. Te mantendré informada –dijo levantándose para abrazar a Lara.

–¿Estás segura?

–Sí. Me iré a dormir pronto. Las cosas siempre se ven mejor por la mañana. ¿No es eso lo que dicen?

–La buena noticia es que en este caso no podrían verse mucho peor.

–Vete –le dijo Abby con una sonrisa–. Con amigas como tú, ¿quién necesita enemigos?

Cuando Lara se marchó, Abby sacó el teléfono y envió un mensaje:

¿A qué hora quieres empezar mañana?

La respuesta de Duncan fue inmediata:

Vamos a esperar al miércoles. Mañana tengo cosas que hacer.

Se le cayó el alma a los pies. ¿La estaba evitando o de verdad estaba ocupado? Escribió:

¿Te gustaría venir a mi casa a cenar mañana? Tenemos que hablar.

Sí, me gustaría. ¿A qué hora?

¿Cinco y media?

Allí estaré.

Abby vaciló, pero decidió correr el riesgo y añadir:

Te echo de menos.

Y yo a ti, mi niña.

Capítulo Quince

Duncan pasó prácticamente toda la noche en vela y buscando soluciones, pero además de preocuparse por el legado y el negocio de sus abuelos, pensó en Abby. Su cama nunca le había resultado tan vacía. Veinticuatro horas antes, su curvilínea compañera y él habían estado prendiendo fuego a las sábanas. Cuando estaba con ella, todo parecía estar bien. Sin pedírselo, se había implicado en su tragedia y se había preocupado por él en el momento en que se había sentido más vulnerable y solo. Los últimos días habrían sido insoportables si no hubiera tenido a Abby a su lado. Sin embargo, algo seguía inquietándolo. Por un lado, su negativa a hablar de su padre y, por otro, el modo en que había palidecido al ver la carta. ¿Era en realidad tan empática o le estaba ocultando algo?

Ahora ahí estaba, tumbado en la cama mirando al techo y deseando estar con ella, tocándola, besándola, abrazándola y hundiéndose en su calor. Abby le había dicho que no quería que le rompieran el corazón. ¿Era eso lo que estaba pasando? ¿Se estaban enamorando? No sabía si fiarse de su propio instinto. El drama familiar que había arrastrado en los últimos días lo había magnificado todo, lo bueno y lo malo, y tal vez la dulce Abby no era más que un atractivo salvavidas, una distracción.

Pasadas las dos, logró quedarse dormido, pero antes del amanecer ya estaba en la ducha, decidido a poner su vida en orden.

Y así, cuando el banco abrió a las nueve, ya estaba en la puerta, y cinco minutos después, estaba sentado en el despacho del director.

–¿En qué puedo ayudarle, señor Stewart?

–Justo antes de morir, mi abuelo retiró una gran cantidad de dinero de una de sus cuentas. ¿Era usted consciente de eso?

–Lo recuerdo. Una cantidad semejante es difícil de olvidar.

–¿Y no intentó detenerlo?

–Nuestro trabajo no consiste en mantener a nuestros clientes alejados de su dinero, señor Stewart. Su abuelo rellenó la documentación requerida e hizo una transferencia a un banco de un pueblo cercano. Di por hecho que estaba abriendo otra cuenta distinta y no quise interferir.

–¿Sabía también usted que mi abuelo estaba experimentando síntomas de demencia?

El hombre palideció.

–No. Su abuelo era un empresario muy respetado. Jamás se me habría ocurrido entrometerme en su transacción.

–¿Ni siquiera por su propio bien?

–No somos trabajadores sociales, señor Stewart. ¿Alguien más se enteró de esto?

–Por desgracia, no. Y si mi abuela llegó a enterarse, nunca nos lo dijo.

–Entonces, ¿en qué se basa usted para hacer esta suposición?

–No es una suposición, es un hecho. Mire –le entregó la carta.

Duncan vio en el rostro del hombre el impacto que le causó el contenido de la carta.

–Lo siento mucho. ¡Esto es espantoso!

–Sí que lo es. ¿Conoce a este tipo?

–Sí, por desgracia. Lleva muchos años viviendo en Candlewick y seguro que usted conoce a su hija.

–¿Su hija? –le dio un vuelco el estómago al oír esas palabras.

–Abby Hartman. La pobre lleva toda la vida sufriendo por los actos de su padre. Es un timador, aunque he de admitir que es la primera vez que ha intentado algo de semejante calibre.

El hombre seguía hablando, pero Duncan no oía nada. Al otro lado de la ventana, una tormenta azotaba las calles trayendo consigo el primer frente frío del otoño y, mientras, las dos únicas palabras que resonaban en su cabeza eran «Abby Hartman».

–Gracias por su tiempo –le costaba respirar.

–Si decide emprender acciones legales, cooperaré en todo lo que pueda. Lo siento mucho, señor Stewart. No se imagina cuánto.

Asintiendo, Duncan fue hacia la puerta y salió corriendo.

Abby canturreaba mientras picaba verduras para la sopa que estaba preparando. La mañana le había traído algo de paz y confiaba en que Duncan entendiera que ella no podía controlar lo que hacía su padre, por mucho que lo intentara.

Aun así, le aterraba que llegara el momento de la verdad; el momento de confesar su conexión con el hombre que había robado a los Stewart.

Cuando sonó el timbre, bajó el fuego, se secó las manos con un paño y fue a abrir la puerta.

–¡Duncan, estás empapado! ¿Qué estás haciendo aquí? Voy a traerte unas toallas.

Él no dijo nada y esperó obedientemente en el vestíbulo hasta que ella volvió con un par de sus mejores toallas. En otra situación le habría ayudado a secarse, pero el lenguaje corporal de Duncan le advirtió que era mejor no tocarlo.

Pasaron al salón y ella se sentó. Duncan, en cambio, se quedó de pie.

–A la sopa aún le quedan unas horas, pero si tienes hambre, te puedo preparar un sándwich de queso fundido para almorzar.

–Dime una cosa, Abby. ¿Estabas metida en esto? ¿Ha sido todo una gran treta para devaluar la empresa y que alguien se la quedara prácticamente regalada?

–No puedes estar hablando en serio...

–Ponte en mi lugar. Desde el principio estabas en posición de ventaja por trabajar en el bufete y, en cuanto me mudé a casa de mi abuela, apareciste y te hiciste prácticamente indispensable. Incluso admitiste que creías que debía venderlo todo. A tu padre y a ti os venía muy bien que quisiera volver a Escocia.

Conteniendo las lágrimas, Abby respondió:

–Fuiste tú el que me pidió una cita, Duncan, y te dije que no era buena idea. Yo nunca he hecho nada que pudiera haceros daño a ti o a tu familia. Sería incapaz.

–¡Cinco millones de dólares! ¿Dónde están, Abby? ¿En un banco suizo esperando a que me marche de Carolina del Norte para que podáis quedaros con todo por lo que mis abuelos han trabajado toda su vida?

¿Cómo podía un hombre que le había hecho el amor con tanta pasión mirarla ahora con tanto desprecio?

–No queda nada –dijo temblando–. Ayer fui a ver a mi padre y me dijo que lo perdió todo apostando.

–Me mentiste, Abby. Leíste la carta y no te molestaste en mencionar que conocías al charlatán que estaba describiendo mi abuelo. Howard Lander. Tu padre. ¿Por qué no llevas su apellido? ¿Acaso hay un marido por ahí? ¿También está metido en esto?

Sabía que Duncan se sentía dolido, pero saberlo no hizo que los insultos fueran más fáciles de soportar.

–Me cambié el apellido hace cinco años porque me avergonzaba que mi padre fuera Howard Lander.

–Una respuesta muy conveniente.

–Es la verdad.

–Me engañaste bien, Abby. He de admitirlo, aunque supongo que ayuda tener un padre estafador. La verdad es que me planteé la posibilidad de estar enamorándome de ti. ¡Qué ridículo! Por eso no quisiste que lo conociera el día que estaba aquí contigo y tú estabas eligiendo vestidos. No querías arriesgarte a que yo descubriera lo del dinero.

–¡Yo no sabía nada del dinero! –gritó entre lágrimas–. Cuando me enseñaste esa carta ayer, quise morirme.

–¡Pero no dijiste nada!

–Me quedé impactada y por eso te invité a cenar hoy. Quería contártelo todo, tienes que creerme.

Abby se acercó y le puso una mano en el pecho, pero él no se inmutó.

—Piénsalo, Duncan. Piensa en lo que hemos compartido y dime que sabes cuánto me importas.

Con dos dedos, él le apartó la mano de su pecho.

—Demasiado tarde, mi niña. Ya veré cómo lo soluciono todo. Y si encuentro alguna prueba de que conspiraste con tu padre para estafar a mi familia, no tendré el más mínimo reparo en meteros a los dos entre rejas.

Al marcharse de casa de Abby, fue directo a la mansión de sus abuelos. Había olvidado que el pastor le había prometido pasar para llevarle comida y los recipientes estaban apilados en el porche. Sintiéndose culpable por el desplante, lo metió todo dentro y le telefoneó para disculparse y darle las gracias.

La comida olía de maravilla, pero no tenía apetito. Vagó por la casa abatido y furioso. ¿Cómo podía haberse equivocado tanto con Abby? Por otro lado, ¿y si tenía razón? Todo parecía muy claro, pero ahora mismo su mundo estaba tan patas arriba que no podía ver las cosas con mucha claridad. No era una exageración decir que Abby había sido su salvación esos días. ¿Y si era inocente?

Quería que fuera cierto. ¡Cuánto deseaba que fuera cierto! Pero si hasta sus propios padres habían podido engañarlo con mentiras convincentes, ¿cómo podía saber si Abby decía la verdad?

Se planteó irse a un hotel para no estar solo en la casa, pero eso requería más energía de la que tenía en ese momento.

Alrededor de las seis, sacó una botella del mejor whisky que tenía su abuelo y la abrió. Si iba a regodearse en su desgracia, necesitaba compañía, y ahora mismo el whisky era lo mejor a lo que podía aspirar.

Cuando el sol volvió a salir, no había encontrado solución a sus problemas y tenía un terrible dolor de cabeza. Y cuando sonó el timbre, el corazón le dio un vuelco. Abby…

Pero al abrir la puerta, se le cayó el alma a los pies. No conocía a la mujer que estaba ahí en su porche.

–¿Qué le has hecho?

La rubia con cuerpo de modelo y actitud de luchadora callejera le plantó la mano en el pecho y lo metió dentro de la casa.

–¿Podrías no gritar, por favor? –preguntó él con la mano en la cabeza y conteniendo las nauseas.

La mujer cerró la puerta de golpe.

–Te lo volveré a preguntar. ¿Qué le has hecho a mi amiga?

–¿Nos conocemos?

–No te hagas el despistado conmigo, Duncan Stewart. Estoy hablando de Abby. ¿Qué le has hecho? No responde al teléfono, su coche no está en el garaje y no ha ido a trabajar.

–Seguro que está bien. Se ha tomado unos días libres –mientras pronunció esa mentira solo podía pensar en cómo la había visto antes de irse de su casa: devastada, indefensa, rota.

–¿Dónde está la cocina?

–Por allí –respondió Duncan señalando.

La rubia lo agarró del brazo y lo llevó hasta la cocina, donde lo sentó en una silla y preparó café.

–¿Quién eres y qué estás haciendo en mi casa? Por cierto, ¿tienes un paracetamol?

–Soy Lara Finch y he venido porque necesito tu ayuda. Estoy preocupada por mi mejor amiga –metió la mano en el bolso y sacó un bote de plástico.

Duncan se tomó dos cápsulas y, unos minutos después, la mujer sirvió dos tazas de café y se sentó frente a él.

–¿Cuándo fue la última vez que la viste? ¿Anoche?

–No –miró el reloj–. Hace casi veinticuatro horas.

–Me dijo que te estaba preparando la cena.

–Pues yo anoche estuve aquí. Solo.

–A ver, vamos a empezar de nuevo. ¿Qué le has hecho?

–Abby y yo discutimos ayer por la mañana en su casa y después me marché. Eso es todo.

–Ayer estuviste en el banco, ¿verdad?

–No creo que sea asunto tuyo dónde estuviera ayer.

–El presidente del banco te dijo que Abby es la hija de Howard Lander, así que ataste cabos y llegaste a una conclusión equivocada.

–¿Qué sabes de todo esto? ¿Y por qué estás preocupada?

–Me llamó el lunes por la tarde. Estaba muy angustiada y ahora ha desaparecido.

A él se le paró el corazón.

–Entonces tenemos que encontrarla –ahora, a la luz del día y tras unas pocas horas de sueño, reconoció la verdad. Era un estúpido. No importaba si Abby le había mentido o no porque la necesitaba y la quería a su lado. Era así de simple–. Vamos, estamos perdiendo el tiempo. Estaré listo en cinco minutos. Empieza a hacer una lista de todos los lugares posibles adonde puede haber ido.

Al volver a la cocina en menos tiempo del que había prometido, Lara se levantó y dijo:

—Venga, vamos a buscar a nuestra Abby.

Capítulo Dieciséis

Duncan odiaba ir de copiloto, pero habría hecho lo que fuera por encontrar a Abby, incluso soportar la conducción *kamikaze* de su mejor amiga y sus reprimendas.

—Sabrás que Abby es oro puro.

—Sí, pero estaba disgustado y me sentía traicionado. Vio el nombre en la carta, ¿por qué no me dijo nada en ese momento?

—Porque creo que mi dulce amiga se estaba enamorando de ti y no se podía creer que una vez más el cabrón de su padre fuera a arruinarle la vida.

—Parece que sabes mucho de él.

—Abby y yo llevamos siendo amigas desde el colegio. Cuando la conocí, ya llevaba tres años sin su madre, y una niña necesita a su madre, Duncan.

—Sí.

—He visto a esa mujer esforzarse el doble que los demás durante años. Es leal y haría lo que fuera por las personas que le importan. Y, por la razón que sea, Duncan Stewart, ahora tú también eres una de esas personas.

Llevaban una hora conduciendo y de momento no habían encontrado nada.

—Háblame de Howard Lander. Un día estábamos en casa de Abby y se escondió en la cocina para no tener que abrir la puerta.

—Intenté convencerla para que pidiera una orden de alejamiento, pero supongo que le pareció demasiado.

—Tal vez ahora no. ¿Qué le pasa a ese hombre?

—Sinceramente, no lo sé. Abby siempre ha intentado darle el beneficio de la duda y cree que perder a su madre lo destrozó.

—O tal vez siempre fue un cretino.

—Posiblemente. ¿Te ha contado alguna vez lo de las Navidades pasadas?

—No. Le he preguntado por sus padres, pero nunca me ha contado mucho.

—No me extraña. Por cierto, que sepas que mi familia adora a Abby, así que si te metes con ella, te haremos daño.

Duncan contuvo una sonrisa.

—¿Qué paso en Navidad?

—Abby y yo habíamos salido a cenar en Nochebuena con unas amigas y al volver a casa nos encontramos a Howard en mitad de la calle absolutamente borracho, en calzoncillos y cantando villancicos.

—Joder.

—Sí, fue muy desagradable. La policía se lo llevó, pero el daño ya estaba hecho. Abby se sintió humillada, y más cuando una cadena local emitió el vídeo en las noticias de la noche.

—Si yo lo denunciara y mandara a ese cabrón a la cárcel, ¿sería mejor o empeoraría las cosas?

—No puedo decirte. Creo que es algo que deberías preguntarle a Abby.

***

144

Abby giraba la percha de alambre que había estirado; hacía años que había aprendido a hacer el malvavisco perfecto. Y la hoguera que había hecho estaba bien: lo suficientemente grande como para protegerla del frío, pero no tanto como para provocar un incendio.

Sabía que Lara estaría preocupada por ella porque no había dejado de enviarle mensajes hasta que se había visto obligada a apagar el teléfono. Llevaba casi un día ocultándose en el *camping* y, sí, sabía que era de cobardes, pero necesitaba tiempo para recuperarse.

Recordar el rostro de Duncan cuando la había acusado de estafadora aún hacía que le entraran ganas de meterse bajo tierra.

Era mitad de semana y hacía mal tiempo, por lo que tenía el *camping* prácticamente para ella sola. Aparte del fuego, el único equipo de acampada que llevaba era una lona que le ofrecía algo de protección frente a los elementos.

Su padre y ella habían acampado mucho cuando era pequeña y guardaba recuerdos felices de aquello, porque en aquel momento no había sido consciente de que, durante un tiempo, no habían tenido una casa donde vivir.

Se subió el chubasquero alrededor del cuello y miró las llamas. Por primera vez en muchos años no sabía qué hacer. ¿Debería entregar a su padre a las autoridades? ¿Significaría eso algo para Duncan?

De pronto, el sonido de unas pisadas le hizo levantar la mirada del fuego. Lara estaba allí.

–Me has asustado.

–Lo siento.

–Traidora –añadió, incapaz de mirar al hombre que su amiga tenía al lado.

–Necesitaba ayuda y él estaba disponible.

–No soy ningún experto, pero eso tiene una pinta asquerosa –dijo Duncan al agacharse a su lado y ver el dulce que se estaba preparando.

Lara le despeinó cariñosamente el pelo a Abby.

–¿Quieres que espere en el coche?

–No, puedes irte a casa –Abby le dio la percha a Duncan, se levantó y abrazó a su amiga–. No sé qué hacer –le susurró al oído y conteniendo las lágrimas.

–No tienes que hacer nada, cielo –le respondió Lara en voz baja–. Ahora le toca a él. Si la cosa se pone fea, llámame y vendré en un santiamén.

Abby asintió.

–De acuerdo.

Y al no tener otro sitio adonde ir, volvió a sentarse bajo la lona.

–¿Qué estoy sujetando? –preguntó Duncan.

–¿Es que no tenéis malvaviscos en Escocia?

–Sí, pero los metemos en chocolate, no los incineramos.

–Dame un segundo –Abby sacó unas galletas saladas y una tableta de chocolate–. Y ahora, observa: galleta, chocolate, malvavisco caliente y otra galleta. *Voilà*. Toma, pruébalo.

Los dedos de Duncan rozaron los suyos cuando le dio el dulce mejunje y con gesto de duda él abrió la boca y dio un mordisco. Cerró los ojos y Abby vio el momento exacto en que la mezcla de sabores llegó a sus papilas gustativas.

–Bueno, ¿qué te parece?

–Los norteamericanos tenéis las ideas más raras pero también las mejores.

–Entonces ¿te gusta?

–Sí. ¿Compartimos?

–Prepararé otro –quería algo con lo que entretenerse para no tener que mirarlo.

Cuando terminó de prepararse el dulce, dio un mordisco y se relajó un poco mirando al fuego. Tener a Duncan a su lado en el bosque era reconfortante e inquietante a la vez y, como no sabía qué decir, se quedó callada, al igual que él.

La lluvia tamborileaba sobre la lona, ofreciéndoles una acogedora y algo húmeda burbuja de intimidad.

–Te debo una disculpa –dijo Duncan finalmente–. Ayer dije cosas que lamento profundamente.

–Lo entiendo. Estabas impactado y disgustado. Y, además, lo de tu abuela está muy reciente.

–¿Siempre le otorgas a la gente el beneficio de la duda? Lo siento mucho, Abby. Estaba furioso contigo porque no me contaste la verdad.

–Yo también lo siento. Mi padre…

Duncan le tapó la boca con la mano.

–No vamos a hablar de él, Abby. No tiene nada que ver con nosotros y no tienes que avergonzarte por nada. No es culpa tuya.

–Entonces ¿por qué me siento tan terriblemente mal? –preguntó sin poder contener las lágrimas.

Duncan la rodeó con el brazo y el calor de su cuerpo resultó más reconfortante que el del fuego.

–Tienes malvavisco en la mejilla.

Ella contuvo el aliento mientras él le limpiaba con un beso los restos de dulce.

–No he sido sincero del todo contigo, Abby. Al principio odiaba la idea de tener que ser yo el que viniera aquí a ayudar a la abuela. Mi vida en Skye era buena. Es buena. Me gusta mi trabajo, estar con mis amigos y la preciosa tierra en la que crecí. Allí llevo una vida cómoda, pero tengo treinta y dos años y no creo que tener una vida cómoda deba ser el objetivo de un hombre de mi edad; eso es para gente de cincuenta o sesenta, o de ochenta tal vez.

–¿Qué intentas decir, Duncan?

–Los terapeutas que salen por la tele dicen que el crecimiento personal solo ocurre cuando nos vemos obligados salir de nuestra zona de confort, y está claro que en los últimos meses he estado completamente fuera de mi zona de confort. Y por si eso fuera poco, de pronto mi abuela ha muerto y resulta que el negocio había perdido cinco millones de dólares y…

–¿Qué, Duncan?

La besó en la sien.

–Y entonces llegaste tú.

–Siento haberte complicado la vida.

Él soltó una carcajada.

–Has sido el único rayo de luz en una época muy traumática. Me pareciste encantadora y divertida y después… Bueno, después te convertiste en mi amiga, Abby, y luego en mi amante.

De pronto, la suave lluvia se convirtió en diluvio y la lona no fue suficiente para protegerlos.

–Tenemos que meternos en el coche –le dijo ella agarrándolo de la mano.

Corrieron al coche y entraron.

Abby sacó un pañuelo de papel para secarse la cara.

No llevaba maquillaje e imaginaba que sus rizos se habrían descontrolado. Podía ser la última vez que viera a Duncan Stewart y estaba hecha un desastre. Él, en cambio, a pesar de estar empapado y exhausto, estaba increíblemente guapo. ¡No era justo!

–Bueno –continuó Duncan–, digamos que las últimas semanas han puesto mi vida patas arriba y de pronto me he visto con demasiadas responsabilidades: el negocio, la casa, la herencia familiar.

–Podrías volver a Escocia y así le dirías adiós a esas responsabilidades.

–Pero también te diría adiós a ti.

–Está siendo un discurso muy largo y tengo la ropa empapada. ¿Podrías darte un poco de prisa, por favor?

Duncan soltó una carcajada.

–¡Dios, cómo te adoro!

–¿En serio?

–Ven aquí, mi dulce Abby. Dame un beso.

Al instante notó la mano de Duncan en su nuca y sus labios sobre los suyos, y cada centímetro de su cuerpo que antes había estado frío y temblando, ahora ardía.

Duncan sabía a chocolate y malvavisco y a todo lo que ella había querido en su vida.

–No sé por qué estamos haciendo esto.

–Yo sí –Duncan coló una mano bajo su camiseta, le desabrochó el sujetador y comenzó a acariciarle los pezones–. Te entregaste a mí en cuerpo y alma y no lo valoré, pero no volveré a cometer ese error –con delicadeza, le cubrió un pecho y lo apretó.

–Termina tu discurso –dijo ella casi sin aliento y abrumada por la esperanza.

Él sonrió y le besó la nariz.

–No me voy a marchar de Candlewick, Abby. No te voy a dejar. Por fin me he dado cuenta de que quiero continuar el legado de mis abuelos. Y hay algo más...

–¿Sí?

–Quiero que lo hagas conmigo. Si quieres seguir con tu trabajo en el bufete, lo entenderé, pero creo que a una empresa como la nuestra le vendría bien tener un asesor legal en plantilla. Dadas las circunstancias, no estoy seguro de qué sueldo te puedo ofrecer, pero el paquete de beneficios será considerable.

Ella lo acarició a través de la tela vaquera mojada, que no era lo suficientemente gruesa para ocultar su erección.

–Tu paquete ya me impresiona –bromeó, y al instante, con voz temblorosa y seria, añadió–: ¿Lo dices en serio?

Él le sujetó la barbilla y la miró fijamente, con ternura y emoción.

–Nunca he estado más seguro de nada, Abby. Quiero que seas mi esposa. Te quiero. Y antes de que lo preguntes, sí, eso significa que también quiero hijos.

De pronto todo parecía demasiado bueno para ser verdad y el cuerpo le temblaba con una mezcla de miedo y felicidad.

–¿Me quieres? ¿De verdad?

Capítulo Diecisiete

Duncan le acariciaba el pelo sintiendo sus sedosas ondas entre los dedos.

–Con toda mi alma. Y aunque sé que es demasiado pronto, digamos que esto es un ensayo de una proposición de matrimonio.

–Si nos casamos, ¿me prometes que llevarás un *kilt*? Él le pellizcó una nalga.

–Nada de «si», mi niña. Ahora eres mía y ya no hay vuelta atrás. Y sí. Estaré encantado de llevar un *kilt* si eso te hace feliz.

–Tú me haces feliz, Duncan. Te quiero.

–¿A pesar de que ayer me comporté como un imbécil? Me dejé llevar por mi orgullo y mis prejuicios y estuve a punto de perderte. Jamás me lo perdonaré. Fui un arrogante, Abby. Creía que solo quería una aventura temporal, pero estaba totalmente equivocado.

–Eso forma parte del pasado. Ahora estamos mirando al futuro.

–Por cierto, aquí los coches son más grandes. Podríamos hacerlo en el asiento de atrás.

–¿A nuestra edad? Tenemos dos casas a nuestra disposición.

–No puedo esperar –dijo desabrochándole los vaqueros. Tenía a Abby en sus brazos y le parecía que había pasado una eternidad desde la última vez que habían hecho el amor–. ¿Qué tal si te sientas encima de mí?

La lluvia era torrencial y nadie los veía, principalmente porque el de Abby era el único coche que había por allí.

–No sé… –respondió ella sonrojada.

–No seas tímida. No dejaré que te pase nada.

La ayudó a desvestirse con impaciencia y deteniéndose a besarla y acariciarla hasta que los dos estuvieron temblando de deseo. Cuando estaban preparados, sacó el preservativo que había tenido la previsión de llevar y, sujetando a Abby por la cintura, la sentó sobre él.

–Iría a Escocia si me lo pidieras, Duncan. No quiero que te arrepientes de quedarte aquí.

–Esto es lo que quiero. Si te tengo, lo tengo todo.

Que Abby pudiera perdonarle tan fácilmente por sus crueles acusaciones le hacía querer ser un hombre mejor. Por eso, de ahora en adelante le demostraría que no se equivocaba al confiar en él y la honraría y protegería. Sería bonito formar una familia juntos.

De pronto, cuando un intenso orgasmo se apoderó de él, apretó los dientes y se concentró en Abby. Metió la mano entre sus cuerpos y la acarició. Ver sus cuerpos unidos lo impactó; debía de haber hecho algo bien en la vida para merecer a esa mujer.

Abby se aferraba a su cuello y sus pechos se aplastaban contra su torso mareándolo de deseo. Le mordió el lóbulo de la oreja y su aliento le produjo un cosquilleo.

–Estoy cerca –susurró Abby–. Dámelo todo.

No tuvo que pedírselo dos veces. Con un exultante gemido, él plantó los pies sobre el suelo del coche, la agarró de las caderas y se hundió en ella una y otra vez hasta que se le nubló la visión y Abby gritó su nombre.

No quería moverse. Su cuerpo estaba adormecido de placer y su cerebro más despejado y calmado que en meses. Con un soplido, le apartó a ella un mechón de la cara.

–Lo haces muy bien.

–No sé a qué te refieres. Es la primera vez que lo hago en un coche.

–Muy gracioso.

De pronto, se puso seria.

–Las cosas siempre parecen perfectas cuando practicamos sexo, pero nuestro mundo es complicado, Duncan. Mi padre siempre será mi padre y, si vas a vivir en Candlewick, te encontrarás con él tarde o temprano.

En lugar de responder, Duncan la bajó de su regazo y la ayudó a vestirse. Después, la besó.

–No importa. Y que conste que no voy a presentar cargos. Por un lado, porque sería complicado demostrarlo en un juzgado, ya que mi abuelo retiró el dinero por voluntad propia, pero sobre todo no lo haré porque no hay ningún dinero que recuperar y a ti te haría daño. Si a él lo vemos o no es decisión tuya.

Abby apoyó la cabeza en su hombro y lo besó.

–Gracias.

–No me las des. No sé si puedo perdonarme por lo de ayer, pero te juro que no volveré a hacer algo así.

–Déjalo ya, Duncan. Fue un momento de crisis y todos cometemos errores bajo presión. Debería haberte dicho desde el primer momento que era mi padre, así que yo también lo hice mal. Pero dejémonos de tristezas. Al menos por hoy.

Él la abrazó con fuerza, maravillado por lo que la vida le había regalado.

—Ojalá la abuela viviera para vernos juntos.

—Me gusta pensar que nos está viendo, que los dos nos están viendo. Creo que me va a gustar ser una Stewart.

—Los que vamos a tener suerte somos los Stewart por tenerte a ti, mi niña.

Epílogo

Duncan se pasó las manos por el pelo intentando ignorar el nudo que tenía en la garganta.

–Bueno, ¿qué tal estoy?

–Nunca te había visto así, hermanito, y es muy divertido.

–Cierra la boca y ayúdame. Tenemos que salir ahí fuera en minuto y medio. ¿Tengo recto el cuello de la chaqueta?

Los dos llevaban *kilts* a petición de Abby. En la misma iglesia donde se habían celebrado los funerales de los Stewart, Duncan ahora le juraría devoción eterna a su prometida.

A lo lejos se oyó el melancólico sonido de una gaita.

–Voy a echarte mucho de menos –le dijo Brody abrazándolo de pronto–, pero sé que estás haciendo lo correcto. Los abuelos estarían encantados y orgullosos.

Duncan asintió emocionado.

–Sabes que no me quedo aquí por obligación, ¿verdad? Quiero hacerlo. Quiero hacerlo por mí, por Abby y por las futuras generaciones de los Stewart.

–No se me ocurre un modo mejor de que empecéis vuestra vida juntos.

La puerta adyacente al altar se abrió y cuando el reverendo les hizo una señal, los dos salieron prácticamente ajenos a los susurros que provocó su aspecto.

La iglesia estaba decorada para Navidad con flores de pascua y por el pasillo central avanzaba un gaitero entonando una melodía tradicional. Tras él, y ataviada con un vestido verde oscuro de terciopelo, Lara caminaba lentamente. Y al fondo, en la entrada, estaba la única persona que Duncan quería ver.

Sabiendo todo de lo que Abby había carecido en su infancia y juventud, había querido que no le faltara de nada el día de su boda. Llevaba un vestido de novia sin tirantes, un velo de encaje que caía de una tiara de diamantes y un collar a juego. El ramo era de rosas rojas y eucalipto.

Cuando comenzó a caminar hacia él, todo en la sala pareció esfumarse, hasta que ella fue lo único que podía ver. Unos preciosos ojos grises lo miraban. Todo lo que era ella, su alma, su integridad y su enorme corazón, resplandecían en esa mirada.

Lara ocupó su lugar junto a Brody y Abby subió los escalones. Duncan le dio la mano para ayudarla, la besó en la mejilla y la agarró por el brazo.

–Te quiero –le dijo él saliéndose del guion.

Se oyeron risas entre la multitud que llenaba la sala.

Abby lo miró con los ojos llenos de lágrimas.

–Y yo a ti, escocés testarudo. Y ahora, calla y deja que el reverendo haga su trabajo. Tenemos toda una vida por delante para besarnos.

Duncan miró a Brody y sonrió. Después, respiró hondo y apretó la mano de su futura esposa.

–Y tanto que la tenemos, mi amor.

Bianca

**Contratada por el jeque…
¡y esperando al heredero de su estirpe!**

LA HERENCIA DEL JEQUE

Heidi Rice

Cuando la tímida académica Cat Smith fue contratada como investigadora por el jeque Zane Ali Nawari, se volvió loca de contento, y quedó completamente deslumbrada por la desbordante química que creó entre ellos. Cat sabía que una aventura con él podía poner en tela de juicio su credibilidad profesional, pero resistirse a las caricias sensuales de Zane le estaba resultando completamente imposible. Su apasionado encuentro tuvo consecuencias… Y quedarse embarazada de quien dirigía los destinos de aquel reino significaba una cosa: ¡que estaba obligada a ser su reina!